EVEREST

NİHAT BEHRAM

1946, Kars doğumlu. İlk ve ortaöğrenimini Anadolu'nun çeşitli kentlerinde tamamladıktan sonra yüksek gazetecilik öğrenimi gördü. Şimdiye kadar on altısı şiir olmak üzere toplam yirmi beş kitabı yayınlandı ve yapıtlarının bazıları çeşitli dillere çevrildi. 1969'dan sonraki yıllarda *Halkın Dostları, Militan* ve *Güney* dergilerini çıkaranlar arasında yer aldı. Yazdıklarından ötürü 12 Mart döneminde iki yıl tutuklu kaldı. 1970'li yıllarda bir süre gazetecilik yaptı. 12 Eylül döneminde Bakanlar Kurulu kararıyla TC vatandaşlığından çıkarıldı. Uzun yıllar yurtdışında yaşamak zorunda kaldı. On yedi yıllık siyasal sürgünlüğünden sonra 1996'da yurda dönebildi. Kitapları yurda dönüşünden sonra "Toplu Yapıtları" olarak yayımlandı.

Nihat Behram'ın *Toplu Yapıtları*'nda yer alan kitapları şunlardır:

Hayatın Şarkısı (1967-2004 toplu şiirleri)
Darağacında Üç Fidan (1976) (belgesel anlatı)
Ser Verip Sır Vermeyen Bir Yiğit (1976) (belgesel anlatı)
Gurbet (1988) (roman)
Özlemin Dili Olsa (1999) (yazılar/söyleşiler-1)
Acının ve Umudun Rengi (yazılar/söyleşiler-2)
Yılmaz Güney'le Yasaklı Yıllarımız (1994) (anı-anlatı)
Göğsü Kınalı Serçe (1976) (çocuk)
Miras (2004) (roman)
Kız Ali (1991) (roman)
Başkaldırı Şiirleri (antoloji)

NİHAT BEHRAM

Ser Verip
Sır Vermeyen Bir Yiğit

§

Belgesel-Anlatı 15

Ser Verip Sır Vermeyen Bir Yiğit
Nihat Behram

Kapak tasarım: Utku Lomlu
Dizgi: Fatma Uslu

© 2004, Nihat Behram
© 2004; bu kitabın Türkçe yayın hakları
Everest Yayınları'na aittir.

1-4. Basım: 1977, May Yayınları
5-6. Basım: 1988, Yurt Yayınları
7-8. Basım: 1993, Umut Yayıncılık
9-10. Basım: 2004-2006, Everest Yayınları
11. Basım: Mayıs 2007, Everest Yayınları

ISBN: 975 - 289 - 194 - 2

Baskı ve Cilt: Melisa Matbaacılık

EVEREST YAYINLARI
Ticarethane Sokak No: 53 Cağaloğlu/İSTANBUL
Tel: (212) 513 34 20-21 Fax: (212) 512 33 76
Genel Dağıtım: Alfa, Tel: (212) 511 53 03 Fax: (212) 519 33 00
e-posta: everest@alfakitap.com
www.everestyayinlari.com

Everest, Alfa Yayınları'nın tescilli markasıdır.

Ser Verip
Sır Vermeyen Bir Yiğit

İÇİNDEKİLER

ÖNSÖZ

YASAK YAŞI ON BEŞ

İşte İbo'nun Ayağını Bastığı Toprak: Dağ ve Zindan...
İşte Direncin Karşısında Zalimin Çaresiz Kalışı...
Ve İşkenceye Karşı Direnişiyle Efsaneleşen Bir Hayat...

Eski arkadaşlarımız anımsayacaktır fakat genç arkadaşlarımız için, bir-iki noktayı anımsatmakta yarar var... Elinizdeki kitabın yasak yaşı 15'tir. Yani bu kitap, yayımıyla birlikte başlayan yaşamının on beş yılını yasak altında geçirmiştir. İlk kez, o dönemde çalıştığım *Vatan* gazetesinde 17 Ocak 1977'de yayına giren ve 24 gün boyunca yayımlanan kitabım, gerek yazımında gerekse bu ilk yayımda zorlu bir uğraşı gerektirmişti. Zindanda katledilmiş bir insan vardı ve katliamcılar, gerek bu cinayetlerini gerekse katlettikleri insanın düşünceleri ve dehşetli direnişini, kanlı karanlık bir perde altında tutmak istiyorlardı. İbo'yla aynı davadan tutuklu olan gençlerin, zor koşullarda sıkıyönetim mahkemelerinde verdiği, o da son derece sınırlı ve basına yansımayan açıklamaları dışında herhangi bir ipucu yoktu. Bu arkadaşlarla aynı dönemde aynı cezaevi ve koğuşlarda olmam nedeniyle, onların süzülüp geldikleri öyküleri ve duygularıyla iç içeydim. O günlerde kendi kendime verdiğim söz doğrultusunda, "1974 Genel Af"ı sonrasında, cezaevinden çıkar çıkmaz, bu katliamın üstüne gitme, o dehşetli direnişi, halkın mirası olarak

ix

halka iletme çalışmalarına başladım. İbo'nun mücadele verdiği, her biri Anadolu'nun bir ucu, dağ köylerini gezmek, mekânları tanımak, belgeleri toplamak, tanıkları arayıp bulmak; her biri ülkenin bir yanına dağılmış arkadaşlarla tekrar tekrar buluşup görüşmek bir süreci ve zorlu bir çabayı gerektiriyordu. Cinayet sonunda hazırlanan bir "intihar tutanağı" ile karartılmak istenen işkenceyle öldürme olayıyla İbo'nun mücadelesi ve direniş günlerine ilişkin gerçeklerin gün ışığına çıkmasını istemeyen zorbaların tehditleri ayrı bir sorundu. "Dil koparmaktan, kör etmekten" başlayıp, öldürmeye dek varan bu tehditleri göğüslemek gerekiyordu. Öyle ki, kitabı iki türlü yazmaktaydım. Birisi, eğer yazma ve hazırlık sürecinde baskın yer, yakalanır, ele geçerse diye, şaşırtma yöntemiyle magazin türünde; diğeri, her bir sayfasını değişik yerlerde yazıp sakladığım gerçek şekliyle. Gerek kitabı yazma sürecinde gerekse yayını sürecinde, birtakım zorbalıklardan korunmam için, birçok arkadaşın değerli yardımlarını gördüm. Bu süreçlerde kaldığım değişik mekânlarda, sabahlara dek yanı başımda bekledikleri oldu. Belgelerin toplanması için de öyle. Gerçek şuydu ki, bir avuç insandık. Ve bu kitabın, başarabilmemiz, sonuçlandırabilip yayınlayabilmemiz durumunda, bizi patlatabileceği duygusu içindeydik. En güçlü silahımız, coşkumuzdu. İnançlarımızdı. Hayata ve gerçeklere olan güvenimizdi. Zulme karşı duyduğumuz nefretti. Gençtik ve acemiydik.

Ser verip
sır vermeyen
bir yiğit

İBRAHİM
KAYPAKKAYA'nın
Hayatı ve mücadelesi

Nihat BEHRAM'ın
KALEMİNDEN

YARIN

"Ser Verip Sır Vermeyen Bir Yiğit" yazı dizisinin, "Ölen ama baş eğmeyen bir insanın destanı/Bu güne dek karanlıkta bırakılan tüyler ürpertici belgeler/Vartinik operasyonu/Kanlı baskınlar/Sonsuz işkence günleri" sözleriyle basında ilk anonsları çıktığında, gerek katillerin telaşa dayalı tehditleri, gerekse faşist basının ihbarları daha da yoğunlaşmıştı. Profesyonel afiş-reklam asıcıları korktukları için, afişleri kabullenmemişlerdi. Bu işi Türkiye çapında her kentte gönüllü arkadaşlar yüklenmişti. Duvarlar, İbo'nun resmi olan "Ser Verip Sır Vermeyen Bir Yiğit" afişiyle donatılıyordu. İs-

TRT'de komünistlere «Yiğit» diyen reklamlardan geçilmiyor

Ser Verip Sır Vermeyen Bir Yiğit

tanbul'u anımsıyorum. Duvarlarında İbo'nun bir direniş çiçeği gibi açtığı sabahı. Koynumda yazımın ilk bölümüyle gazeteye giderken, geçtiğim sokaklarda yaşadığım heyecanı. Aynı gün ardı ardına gelen, kimi kutlayan kimi tehditler savuran telefonları...

Kitabın yayını gazetede böyle bir ortamda başladı ve gazete tirajını birkaç misline katlayan bir biçimde kitleye ulaştı. Karanlık perdesi yırtılmıştı. Her gün yüzlerce mektup geliyordu. Halktan insanların desteği dağlaşmış, bu destek zorbaların tehditlerini daha da kudurtmuştu. Bu destek temelinde, "İbo'nun katilleri bulunmalı, işkenceciler yargılanmalı hesap sorulmalıdır!" kampanyasını açtım. Kısa zamanda, destek imzası taşıyan otuzbini aşkın mektup geldi.

30 bin mektup aldık

"Kaypakkaya'nın ölümünden sorumlu olanlar yargılanmalı"

Yazarımız Nihat Behram iki ayrı davadan 2. Ağır Ceza da yargılandı

Yazarımız Nihat Behram dün iki dava nedeniyle daha İstanbul 2. Ağır Ceza Mahkemesinde yargılanmıştır. Ancak mahkeme'nin daha önce başka davalar nedeniyle aldığı kararlara uyularak davanın "Anayasa Mahkemesi kararı belli oluncaya kadar bekletilmesine" karar verilmiştir.

Yazarımız hakkındaki söz konusu davalar 3. ve 6. Ağır Ceza Mahkemelerinde açılmış fakat Adalet Bakanlığının bir genelgesi uyarınca davalar 2. Ağır Ceza Mahkemesine gönderilmiştir.

Gazetede dizinin yer aldığı her günkü sayısı dava konusu oluyor, savcılıktan gazeteye ardı ardına toplatma kararları veriliyordu. Öyle ki, gazetenin yazı işleri müdürü, dizinin sorumluluğunu yüklenmediği için, yine Denizlerle ilgili kitabımda olduğu gibi, yazılarımın yayınlandığı sayfa nedeniyle, "bu sayfadan sorumlu yazı işleri müdürü N. Behramoğlu" notu düşülmüştü. Birbirine eklenen davalar yüz yılı buluyordu.

REYHAN
MERMER ATÖLYESİ
MEZARI ŞÖHİNE MERMER İŞLERİ
Raşit Reyhan
Aktaş İmren Caddesi No. 29
Ankara

Tarih 19.5.1977

"Ölçüleri verilen mezar (İbrahim Kaypakkaya'nın mezarı) bedeli 15.000.T.L. nakten alınmış olup, mezar tamam olarak teslim edilmiştir.
19/ Raşit Reyhan

Gazete yayınının tamamlanmasıyla birlikte, "May Yayınları"ndan kitap olarak çıktı. Ardı ardına dört basım yaptı. Bu basımların gelirini, İbo'nun mezarını yaptırmak için tümüyle ailelerine bıraktığımı açıkladım.

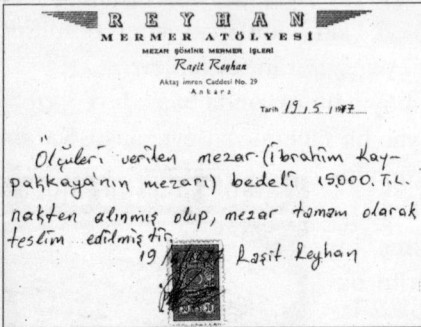

Kitap, aynı ay içinde dördüncü basımında yasaklandı. Yasaklandığı basım sayısını koruyarak sürdürme taktiğini de polisin sezmiş olması sonucunda, yayınevi ve matbaa polislerce basıldı. Baskıdaki kitaplar ve malzemeler tahrip edildi.

İbo'nun anıt mezarı, katlinin 4. yılı olan 1977'nin 18 Ma-

yıs'ına yetiştirildi. Geniş bir kitlenin katılımıyla ateşler yakıla-
rak açıldı.

Kaypakkaya, mezarı başında anıldı

Kitabın üstündeki yasaksa, yıllar ve yıllar boyunca katmer-
lenerek süregeldi. "İsyana teşvik, bölücülük, komünizm propa-
gandası, terörizm övgüsü" gibi savcılık iddianameleriyle ağır
cezalarda dava konusu oldu. ·

Devletin bu baskısına bir de devletle uzlaşma içindeki sah-
te sol, sahte aydın kesimin tecriti eklendi. Güdümlü aydın ve
yayın çevrelerinde hiçbir zaman kitap olarak kabul görmedi.
Üstündeki yasak, kitaba yasak olarak görülmedi. Hatta kimi gü-
dümlü çevreler, açık sağcıların saldırılarıyla dil birliği içine gir-
diler.

1980'in darbeye gebe günlerinde Türkiye'den ayrılırken,
bizzat bu kitabımın davalarının, o dönem sıkıyönetiminin aske-
ri mahkemelerine devredilmiş olması ve aranmam gibi bir de
"yasal yük"üm vardı.

Kitabım 1989 yılında, Peter Hammer Verlag tarafından Al-
manca olarak yayımlandı. Yayınevi, kitabı, "In der Türkei ver-

Nihat Behram

TÖDLICH
MAI

IN DER TÜRKEI VERBOTEN

Peter Hammer Verlag

Frankfurt Kitap Fuarı'nda olay

boten (Türkiye'de yasak)" mührüyle yayımladı. Almanca yayımlanan *Gurbet* romanımla birlikte aynı yıl "Uluslararası Frankfurt Kitap Fuarı"nda temsil edildi. Benim sürgündeki onuncu yılım, kitabımınsa on ikinci yasak yılıydı. Yüz binlerce insanın katıldığı fuar günlerinde bez üstüne yapılmış İbo'nun büyük boy görüntüsü dalgalandı. İşkencelerin, anti demokratik baskıların gösterildiği sergiler açıldı.

Türkiye'nin resmi standında, kitap düşmanlığı ve demokrasi düşmanlığına yönelik konuşmam dünya TV'leri ve basınında geniş şekilde yansıdı.

Türkiye basını ise yine "terörizm edebiyatı"yla verdi. Aynı dönemlerde kitabın yurtdışında birkaç da Türkçe basımı yapıldı.

İlk yayınından on iki yıl geçmesine rağmen kitap Türkiye'de hâlâ yasaktı. 1988 güzünde, kitabım, "İşkencede Ölümün Güncesi" ön kapak, "Ser Verip Sır Vermeyen Yiğit" arka kapak adıyla, Yurt Kitap–Yayın tarafından Türkiye'de yayımlandı. Yurt Kitap–Yayın'la buluşmamız rastlantısal değildi. Yayınevini kuran Ünsal Öztürk, işkencehanelerde direniş destanı yazmış,

HAYATIN TANIKLIĞINDA
işkencede ölümün güncesi
NİHAT BEHRAM

belgesel anlatı

cezaevlerindeki açlık grevi direnişlerinde can vermiş Öktümüşlerin duyarlığında çiçeklenmiş bir insandı. Bir yayınevi kurmak istiyordu ve mücadeleye dönük bir yayınevi olsun istiyordu. Benimle ilişki kurdu. Yayına, Denizleri ve İbo'yu anlattığım kitaplarla başlamak istediğini söyledi. Kitapların ikisinin de hâlâ yasak olmaları nedeniyle "belaya bulaşacağı" konusunda kendisini uyardım. Ünsal "Böyle bela bizim için onurdur, hoş gelsin!" diye yanıtladı. Ünsal kitapları bastı. Daha doğrusu, kitapları basma sürecinde matbaa DGM savcılığının sözlü emirleriyle polisler tarafından basıldı. Ünsal ve arkadaşları gözaltına alındılar sorgulandılar, eziyete uğratıldılar…

Ünsal'ın direnerek o koşullarda yaptığı ilk basımın gelirini o dönemde, işkencelerde sağlığını yitiren Aysel Zehir ile ilgili olarak açılan dayanışmaya bağışlamıştım. İkinci basımı sürecinde, kitap tekrar yasaklandı. Polisce ikinci basımın binlerce nüshası ve yapılacak üçünü basımın kapaklarına el konuldu. O gün bu gündür Ünsal Öztürk'ün bu kitapla ilgili özgürlük mücadelesi sürmektedir.

Ankara DGM Cumhuriyet Savcısı 14.02.1989 tarihli iddianamesinde; "Kitabın 32. sayfasında P. Neruda'nın "Bizi uyandıran tek ışık" mısraları ile başlayan ve "gözleri ışığa çeviriyorlardı" "yollarını arıyorlardı" mısraları ile biten şiirde emekçi halk ve emekçi halkın tek ışığı olarak komünizm propagandası yapılmaktadır" diyerek, N. Behram'la birlikte 1973'te ölen dünyaca ünlü Şili'li şair Pablo Neruda'nın da mahkûm olmasını istiyordu!

Değerli hukukçu, insan hakları savunucusu Hüsnü Öndül kitabın avukatlığını yüklenmişti. 1991 yılında, ilk basılışından on beş, Ünsal'ın basışından iki yıl sonra kitap için mahkemeden beraat kararı çıktı. Karar yaralı bir karardı. Çünkü, kitabın yiğitçe savunmasını sürdüren insanların, savunmaları karşısında acze düşenler, kitabı serbest bırakmak zorunda kalıyorlar fakat, yayımlayan kişiyi, yani Ünsal'ı bu alandaki bütünlüklü çabalarından ötürü mahkûm ediyorlardı.

T.C.
ANKARA
Devlet Güvenlik Mahkemesi
Gerekçeli Karar
Esas No: 1989/33
Karar No: 1991/84
C. Savcılığı Esas No: 1989/80
Başkan muhittin Mıhşak (18931)
Üye Süleyman Erkan (17034)
Üye Hakim Albay - Çetin Akkaya (970-YD-1)
Karar Tarihi: 22.05.1991
Oy Birliğiyle Beraatine Karar verildi.

Bugün, yayınladığı kitaplardan ötürü, milyarlarca lira para cezası, onlarca yıl mahkûmiyet istemlerinin hedefi olan Ünsal Öztürk, DGM'nin "kitaba beraat, yayıncıya mahkûmiyet" biçimindeki bu kararı nedeniyle, Uluslararası İnsan Hakları Komisyonu'na başvurarak, İbo'nun yaşamı ve mücadelesini anlatan kitabın savunmasını sürdürdü.

AİHM (Avrupa İnsan Hakları Mahkemesi) Ünsal Öztürk'ü

AİHM, Türkiye'yi mahkûm etti

Strasbourg AA

Avrupa İnsan Hakları Mahkemesi'nde (AİHM) görülen bir davada Türkiye, "ifade özgürlüğünü ihlal ettiği" gerekçesiyle suçlu bulunularak, maddi tazminat ödemeye mahkûm edildi.

AİHM'ye şikâyet başvurusunda bulunan Ünsal Öztürk, M. N. Behram tarafından kaleme alınan "Hayatın Tanıklığında - İşkence- Ölümü Gü   si"   itabı,

haklı buldu ve 1999'da verdiği kararda bu yasakçı zihniyet mahkûm oldu.

Bu kitabımı, uzun yasaklı yıllarında, hem kitap yasağına karşı olmanın, hem de içeriğinde destansı öyküsü anlatılan İbo'nun dehşetli direnişine sahip çıkmanın onurlu aydın tavrını, gelecek hiçbir belayı düşünmeden sergileyen Ünsal Öztürk'e, Yurt Yayınları'na, uzun yargılanma süreçlerinde kitabın savunmasını üstlenen ve bunu yürekli bir biçimde sürdüren ve hâlâ sürdürmekte olan avukat arkadaşlara teşekkür ediyorum.

Uzun yasaklı yıllarından sonra beraat eden *Ser Verip Sır Vermeyen Bir Yiğit*, 1993 yılında "Umut Yayımcılık"ca basıldı ve orjinal adıyla tekrar okuruyla buluştu. Benim ise 1980'de başlayan sürgündeki yaşamım ancak 1996'da tamamlandı ve ülkeme dönebildim... Elimizdeki kitapla, uzun yıllar yasak kalmış ve daha sonra da ilgim ve bilgim dışında değişik adlarla defalarca yayınlanmış olan *Ser Verip Sır Vermeyen Bir Yiğit* de "Toplu Yapıtlar"ım arasındaki yerini alıyor ve ilk yazılışından yirmi yedi yıl sonra yazarıyla ülkesinde buluşuyor.

İbo'nun, "Ser Verip Sır Vermeyen Bir Yiğit" adıyla, artık tarihin ve halkın doğal bir parçası olmuş, direniş destanından bu kitapta bir damla olsun yankı verebilmişsem, mücadelesine bir adım olsun güç katabilmiş, emek katkım olabilmişse, bundan sadece mutluluk ve onur duyarım.

Zulme, haksızlığa karşı olmanın isyan duygusuyla, halkın ve haklının yanında saf tutmanın coşkusuyla dolmaya başladığımız ilkgençlik yıllarımızın belgelerinden biridir bu kitap. Grevlerde, direnişlerde, gençlik eylemlerinde birlikte olduğum arkadaşlarımın anılarını yaşatma çabalarından biridir.

Baskıcı güçler on beş yıl kitabımın üstünde tepindi. Dile getirdiği gerçekler, ateşlenmek istenen acı, karanlıkta kalsın istendi. Yıllar ve yıllar, sayısız mahkeme salonlarında, sorgu odalarında, sivil-asker savcıların, bilirkişilerin, tehditkâr sorgucu polislerin ağır saldırılarına hedef oldu. Yine de hasadını engelleyemediler. Birçok insanı, sadece kendi kişisel karşılaşmalarımdan tanıyorum. Gazete yayını süresince ve sonrasıyla bugüne dek, binlerce mektup aldım, bana "ilk kez devrimci düşünceleri kitaplarımı okuyarak öğrendiklerini,

Nihat Behram Ser Verip Sır Vermeyen Bir Yiğit'i yazdığı günlerde Sultanahmet'teki mitingte şiir okurken, 1977.

umutlarını, direniş duygularını, düşmana nefretlerini bu kitaplarla bilediklerini, İbo'ları, Deniz'leri ilk kez, onları anlattığım öykülerden tanıyıp unutmamacasına sevip, oğulları, kardeşleri, yoldaşları saydıklarını" söyleyen...

Bunun onuru benim için ödüllerin en yücesidir.

İlk yazılışından yirmi yedi yıl sonraki baskısına eklediğim bu yazıyı yine ilk günlerin duygusuyla imzalıyorum.

ALMANCA BASIMA ÖNSÖZ

Eylül'ün son günleriydi. 1973'ün Eylül'ü...

Baharını acıyla karşıladığımız, yazını acıyla geçtiğimiz bir yılın, yine acılara bulanmış güzüydü. Hem İstanbul'daydım, hem değil. Bir yanım İstanbul'daydı, bir yanım binlerce yıl uzağında İstanbul'un. İstanbul, uzaktan sadece göğünü görebildiğimiz bir şehirdi. Onu da ancak, ulaşabilirsek eğer, pencerelerin demir parmaklıkları arasından görebiliyorduk. İstanbul'un ortasındaydık fakat İstanbul'la aramızda kalın taş duvarlar vardı. Aylardır, Davutpaşa Askeri Cezaevi'nin bir koğuşundaydım.

Nihat Behram

TÖDLICHER MAI Leben und Tod im türkischen Widerstand

Peter Hammer Verlag

Herkesin özgürce yaşadığı bir dünyanın özlemiyle, İstanbul'un bağrına yara gibi oyulmuş o loş izbelikte, 1973'ün güz günlerini sayıyorduk. Özlemlerimizin diri kalması, onurlu bir şekilde yaşama direncimize bağlıydı...

Eylül'ün son günlerinden biri. Cezaevine, giysiler, yiyecekler arasında parça parça sokup, içerde monte ettiğimiz küçük bir pilli radyomuz var. Küçük radyomuz, dünyadan haberler taşıyan bir sevgili gibi koynumda. Saba-

xxi

hın alacası. Yatağımın içinde, radyoyu kulağıma dayamış, bir şeyler duymaya çalışıyorum. Bin bir cızırtı arasında, dalga dalga, kırık dökük bir haber geldi gitti: "Şili'de... Pablo Neruda'nın... ölüm haberinde kısaca... toplanan kalabalığın..."

Elindeki kitap değil ki, gözünü dayayıp tekrar tekrar okuyasın. İnanmak istemediğin şeye, tekrarlaya tekrarlaya kendini alıştırasın. Altı üstü, derme çatma bir küçük radyocuk. Duyduğum haber, yanımdaki yatakta yatan, işkence yaralısı arkadaşımın inlemeleri değil ki, 'Neyin var, bir şey istiyor musun?' diye sorayım. Dünyanın bir başka ucundaki yüreğimizin tıpırtıları...

Haber geldi gitti. Zamanın öldürüldüğü, öldürülerek durdurulduğu bir cezaevinde, akıp giden zamanla yarışırcasına dinlemek zorunda olduğum radyo, artık bir yabancı gibiydi koynumda. Demirin soğukluğu ve duygusuzluğunda... Canlı canlı mezara konmuş biri gibi, bir süre ter içinde yatağımda döndüm durdum. Acının köpüğü, kendi hüzünlü ırmağında akıp gitti demek. Yüreğimizi insanlığın sevinçleri ve hüzünlerine doğru bir pan flüt gibi üfleyip seslendiren o nefesin ışığı söndü demek...

Gün ışırken kalkıp, Neruda'nın içimde uç veren şiirlerinden okudum arkadaşlara. Ezberimde kalmış sesiyle ölüm haberini verdim. Sonra bir şiirini, 'Oğulları Ölen Analara Türkü'yü bir kâğıda yazıp koğuşun duvarına astık.

İçimizde işkence yaralarıyla yatanlar vardı. Ölümlerden geçenler, yakın arkadaşlarını öldürülürken görenler vardı. İşkencehanelerden yeni dönenler, her an işkenceye götürülmeyi bekleyenler vardı. Böylesi bir günde, böylesi duygular içinde almıştık, Neruda'nın dünyanın bir ucundaki ölüm haberini, dünyanın bir başka ucundaki İstanbul'da, İstanbul'un bağrına oyulmuş o taştan çukurda. Bir güz gününde, 1973 Eylül'ünün son günlerinden birinde. Şili'de tarih, kapkara ellerdeki kanlı süngü uçlarıyla, halkın tenine yazılıyordu. (Hâlâ da öyle.)

Aynı yıllarda, dünyanın, insanlık tarihine kan sıçrayan bir diğer noktası da Türkiye'ydi. (Hâlâ da öyle.)

12 Mart 1971'de askeri darbe olmuş, darbeciler bir ucundan bir ucuna Anadolu'da insan avlamaktaydılar. Ayakta durabilmelerinin gıdası halkın kanıydı.

Kaldığım askeri cezaevinin koğuşuna gencecik insanlar getirilip bırakılıyordu. Her biri aylarca süren işkencelerden geçmişlerdi. Onlar bırakılıyor, yenileri alınıp götürülüyordu. Sonraki yıllarda yazdığım –bir kısmı İbo'ya ilişkin olarak elinizdeki bu kitapta yer alan– olayların ilk uçları o günlerde içimde birikti. Doğal olarak da Neruda'nın, 'Oğulları Ölen Analara Türkü' süyle. Ben de, ilk şiir kitabı darbeciler tarafından yasaklanmış genç bir şair olarak cezaevindeydim.

1968'in, tüm dünyada yaşanan sosyal sıcaklığı, Türkiye'yi de iklim alanı içine almıştı. 1966-1967'lerde, özellikle yüksek öğrenim gençliği içinde yoğunlaşan ve yaygınlaşan hareketlilik, gerek yüksek öğrenim kurumlarında gerekse ülkenin siyasi yapısında demokratik talepler içermekteydi. Bu hareketlilik, Avrupa'daki 1968 olaylarına koşut olarak, Türkiye'de de sıçramalar yapmıştı. Her gün kitlesel öğrenci, gençlik hareketleri yaşanmaktaydı. Güvenlik güçlerinin bu hareketlere silahlı müdahaleleri ve gençlerin öldürülmeye başlanması, yer yer gençlerin de silahlı korunma eylemlerini beraberinde getirmişti.

Türkiye'deki 1968 hareketliliğinin Avrupa'dakinden bir temel farklılığı vardı. Türkiye'deki mücadele, ant-emperyalist, anti-faşist politik istekleri de içermekteydi. Bu açıdan, İstanbul boğazında demirleyen Amerikan askeri deniz filoları, NATO üsleri ve faşist örgütler, devrimci gençlerin protesto eylem alanları içindeydi. Önderlikleri üniversite öğrencilerinden oluşan ve düzene isyanı öneren politik örgütlenmeler oluşmaya başlamıştı.

Bu hareketlilik, ülkenin yaşadığı yoğun ekonomik krizle birleşince, demokratik talepler geniş halk yığınları içinde de kıvılcımlanmaya başladı. 1968'lerin üniversite işgalleri, kırsal kesimde yer yer toprak reformu talebiyle toprak işgallerine, sanayi bölgelerinde ekonomik taleplerle fabrika işgallerine doğru genişledi. 1970'de İstanbul (15-16 Haziran) kitlesel büyük işçi hareketlerine sahne oldu. Fabrikalarından çıkan on binlerce işçi, İstanbul sokaklarını doldurdular. Askeri birliklerin, tanklarla zırhlı barikatlarına rağmen, yürüyüşlerini sürdürdüler. 1968 üniversite gençliği sanayi bölgelerindeki ve kırsal kesimdeki bu halk hareketlerinin içindeydi. Kimi gençler önder olarak sivrilmişti. Hükümet güçleri ve hükümetçe destekli sivil faşist güçler özellikle, sivrilen bu gençleri avlamaktaydılar. Bir çok genç öldürüldü...

12 Mart 1971 sabahına Türkiye askeri faşist darbeyle uyandı. Darbeciler sıkıyönetimin yanı sıra, sık sık, tüm gün sokağa çıkma yasakları uyguladılar. Binlerce insan, rejime muhalif güçler, evlerinden toplandı. Sık sık, "teslim olmazlarsa öldürülecekleri" tehdidiyle arananlar listeleri yayınlandı. Fabrikalar ve üniversiteler askeri kontrol ve kuşatma altına alındı. Tüm ilerici yayınlar ve kuruluşlar yasaklandı, kapatıldı. Bu dönemde birçok ilerici genç büyük şehirlerden Anadolu'ya geçti. 1968 yüksek öğrenim gençliği içinde yer alan İbo da aynı dönemde Anadolu'ya geçen bir halk çocuğuydu.

Genç birçok insan, kimi tek tek, kimi gruplar halinde katledildiler. 6 Mayıs 1972 sabahı Deniz Gezmiş, Yusuf Aslan, Hüseyin İnan adlı, bu dönemin eylem önderlerinden üç genç askeri mahkeme kararıyla idam edildi. Karadeniz kıyısındaki Kızıldere köyünde kuşatılan, yine bu dönemin eylem önderlerinden on genç, tank ve ağır silahların ateşiyle, cesetleri bile tanınmayacak şekilde katledildiler.

1974'e dek bu yoğun faşist terör sürdü. 1974 genel seçimlerinden sonra genel af ilan edildi.

1974 Genel Af'ıyla özgür kalıp, günlük bir gazetede çalışmaya başladığımda, yaşadıklarımı yazmak, acılarının tanığı olduğum insanlara verilmiş bir söz, halkıma karşı bir ilk görev olarak karşımda duruyordu. Genel Af'ın kısmî özgürlük ortamına rağmen, 1971 döneminin karanlık günlerini yazmak, gerçekleri ortaya çıkarmak, düzeni eleştirmek yine yasak altındaydı. Söz gelimi, İbo için, bir cümlelik resmî tutanak dışında bir şey yoktu ortada: "Gözaltında olduğu sırada, 18 Mayıs 1973'te intihar etti!"

Bu yasağı delmek gerekiyordu. Bu delikten insanlığa seslenmek gerekiyordu. 1976'da gazetede yayımlanan, bu belgesel anlatı, hakkımda birçok dava açılmasına neden oldu. Kitap olarak yayını ise, çok kısa bir süre satışta kalabildi. Çok kısa bir sürede, ardı ardına birçok basım yapmış olması güvenlik güçlerini daha da telaşlandırdı ve matbaa ile kitabı basan yayınevine baskınlar düzenleyen polis, kitaba ilişkin her şeyi tahrip ve yok etti.

1980, 12 Eylül'ünde Türkiye, yeni bir askeri faşist darbeye sahne oldu. 1971 döneminde yaşananlar bu kez daha da korkunç boyutlarıyla yaşandı...

Yıllar ve yıllar sonra bu belgesel anlatı, 1988 yılında cesur bir yayıncı tarafından Türkiye'de tekrar yayınlandı. Ve yine hemen yasaklanarak imha kararı verildi. Yayıncı ve benim hakkımda ağır mahkûmiyet kararı verildi. Nasıl bir tesadüf ki, savcının mahkûmiyet isteminde yer alan bölümlerden biri de şöyle idi: "Kitapta P. Neruda'nın '... bizi uyandıran tek ışık' mısraları ile başlayan ve 'gözlerini ışığa çeviriyorlardı, yollarını arıyorlardı' mısraları ile biten şiirde emekçi halk ve emekçi halkın tek ışığı olarak komünizm anlatılmakta ve komünizm propagandası yapılmaktadır." Yani savcı, Türkiye'de cezası yedi buçuk yıl olan 'komünizm propagandası' ile Neruda'yı da mahkûm ediyordu!

Mayıs 1989'da Türkiye gazetelerinin birinde küçücük bir haber vardı: "Kendisinin Kürt olduğunu öğrencilerine söylemesi nedeniyle tutuklanan ve yatağında zincire vurulan sekiz aylık hamile bir öğretmen, zincire vurulu yatakta ertesi sabah ölü bulundu."

Artık, gazetelerdeki yeri, böylesi birkaç cümleye inen haberleri, her gün görmek olasıydı. Yani Türkiye, işkenceyi sistemleştirmiş bir rejim altındaydı. Bu rejim, Neruda'nın her gün öldürüldüğü, İbo'nun her gün işkence altında tutulduğu bir rejimdi. Acılar sıradanlaştırılıyor. İnsanlardan acıyı kanıksamaları, acının aziz'leri olmaları isteniyor. İnsanlık ise, özgürlük tarihini derinleştireceği yerde, acının daha da dramatik boyutlarla kendi tarihini tekrarlamasına seyirci kalıyor. 1980 askeri faşist darbesinin şefi Kenan Evren'in, Almanya'da şatafatlı törenlerle ağırlanması bunun bir kanıtı değil midir? Öyleyse, elinizdeki şu kitabın Almanca yayınlanmasının bir de bu açıdan gereği doğuyor.

Dokuz yıldır sürgünde yaşadığım Avrupa'da gördüm ki: Türkiye'de yaşananlar, genel hatları dışında pek bilinmiyor. Türkiyeli insan, 'göçmen işçi' imajı dışında pek tanınmıyor. Ana kaynak, günlük basın haberlerinin ötesine geçmiyor. Kitabım Türkiye'de yayınlanırken taşıdığım duygunun ikizini, Almanca'da yayınlanırken de taşıyorum: İnsanlığı ilgilendiren bir acı varsa eğer, ortaya çıkmalıdır. Çıkarılmalıdır. Çünkü acı insanlığın acısıdır. Dostovyevski'nin dediği gibi, 'Dünyanın neresinde bir acı varsa onu kendi acımız bilmeliyiz.'

Bir diğer gözlemim ise, Avrupa'da, 1968 kuşağı için, Avrupa dışına ilişkin pek bir belge bulunmadığı, pek bir şey bilinmediğidir. Geçtiğimiz yıl, 1968'in yirminci yıldönümü nedeniyle çokça yorum yapıldı. Tüm yorumlar esas olarak Avrupa metropol ülkeleriyle sınırlıydı. Bu nedenle de bir yanıyla eksikti. Elinizdeki kitap, birazcık da, belki bu açıdan, 1968'lerin demokrasi ateşiyle dolu, yüksek öğrenim kuşağının Türkiye resmidir. Bizim gibi ülkelerde, 1968 gençliği, ülkelerinin tarihine böyle bir hayatı çizdiler, böyle bir miras bıraktılar.

İşte, İbo'nun ayağını bastığı toprak: Dağ ve zindan. Vurulup öldü diye bırakıldığı yerden kalkıyor ve karlı yalçın dağlara çıkıyor. Masal sanılabilir. Masal diliyle anlatıldığı sanılabilir. Ama anlatılan her şey sadedir ve yaşanmış gerçeklerdir.

Politik bir kişi ve aktif politik mücadelenin içinde olması nedeniyle İbo'nun da, kuşkusuz ki politik devrime ilişkin düşünceleri vardı. Onun hayatını anlatırken derinleştirdiğim esas yan bu olmadı. Çünkü, politik görüşler, yanında veya karşısında olunabilir ve tartışılabilinir yandır. Yanında olunamayacak şey, tartışılamaz olan şey işkencedir. İşkenceye ve işkencenin nedenlerine karşı sadece mücadele gerekir. Zulmün, işkencenin her türlüsüne hedef olan bu insan, insanlık tarihine, zulme karşı direnmenin öğretmenliğini miras bırakmıştır. Yayın programına almakla, Peter Hammer Verlag, işkenceye karşı sürdürdüğümüz mücadeleyle bir dayanışma duygusunu da sergilemektedir. Kitabımın, her yayınlanışında, kendi dilimde yasaklanıyor olması nedeniyle, Peter Hammer Verlag'ın tutumunu, kitaba karşı bir saygının, kitap düşmanlarına karşı bir yargının ifadesi de sayıyorum.

Yıllardır sokaklarınızda gördüğünüz ve artık görmeye alıştığınız, giderek hükümetlerinizin de, istenmeyen insanlar olarak haklarında yeni yeni baskı yasaları çıkardığı, artık ülkelerinize gelmeleri engellenmeye, yasaklanmaya çalışılan politik ilticacılar, nasıl bir hayattan geliyorlar? Bu soruyu kendinize sormanız gerekmiyor mu? Sorduysanız, nasıl bir yanıtla ne karar verdiniz? Bu satırları, yayıncının kitabımı 1989'un Eylül'ünde yayınlama kararını açıkladığı günlerde, yine yayıncının isteği nedeniyle önsöz olarak yazıyorum. Evet, 1989'un Eylül'ü. Nasıl bir rastlantı ki, yazıma başladığım satırlara döndürüyor beni? Öyleyse, şan olsun Neruda'nın ölümsüz anısına. Şili'sinden Türkiye'sine dek insanlığın acısını yüreğinde duyup sessiz kalmayanlara selam olsun.

Nihat Behram
Temmuz 1989, Wuppertal

... Beni yiğitler götürür
katlarına sevda ile varılan,
yiğitler ki
dişlerini tükürmüş
yiğitler ki
hayaları burulan...

Ahmed Arif

Yıl 1973, aylardan Mayıs'tı. Mayıs'ın 19'u.

Bu yıl gök nasıl ılındı, toprak nasıl yeşerdi, kar nasıl çekildi yükseklere; buz yamaçlarda çözülüp nasıl aktı gitti?..

Bir yanıyla toprağa, köyüne bağlı olan Ali Kaypakkaya, bu yıl ne baharı düşünmüştü; ne de baharla toprağın, gökten beklediği bereketi...

İbrahim içeri düşeliberi, bir sızı gelmiş, iki kaşı arasına çöreklenmişti. Omuz başlarından dirsek uçlarına kadar dolanıyordu gövdesini.

Bir fabrikada çalışıyor, ekmeğini kol gücüyle kazanıyordu. Kısacası yoksul bir emekçiydi.

İbrahim içeri düşeliberi işyerinde geçen günlerinin de pek

1

tadı tuzu kalmamıştı. Hayatın böyle akıp gidişini, terin, enerjinin, emeğin böyle talan edilişini bir türlü içine sindiremeyen; hırslanan; bu karanlık dünyanın değişmesini isteyen bir işçiydi. Yani namuslu, erdemli bir halk adamı.

Bu bile yetmekteydi uzaktan göz ucuyla izlenmesine. Üstelik şimdi oğlunun "bayrak açtığı" "devlete karşı ayaklandığı" söyleniyordu.

Sabahın ilk ışıklarıyla birlikte kalkar, tezgâhının başına gider, akşamın alacasına kadar, kan ter içinde çalışırdı. İkide bir aklına İbrahim'in sarışın saçları altındaki alnı, yeşil gözleri gelip takılıyordu. Oğlu ondan yardım istiyor ve o oğlunun yardımına koşamıyormuş gibi, acılı bir duygu dolduruyordu içini. Zamana sığdıramadığı bir telaşla örselenip duruyordu yüreği...

Aylardan Mayıs'tı. Mayıs'ın 19'u.

Onu görmeye gidecekti.

Sabah yine, günle birlikte kalkmış, bir kez daha okumuştu mektubunu. İbo 9 Mayıs 1973 günü hücresinden şöyle yazmıştı babasına:

Saygıdeğer Babacığım

Yüksek Öğretmen Okulu Müdürlüğü'nün gönderdiği kâğıtları aldım. Cevabını yazdım ve gönderdim. Fakat Danıştay'ın kâğıtları gelmedi. Bu yüzden Danıştay'da açtığımız iki davanın şimdi hangi safhada olduğunu da öğrenemedim. Ayrıca aşağıdaki davaların sonuçlarını da bilmiyorum, bunların sonuçları Danıştay'daki iki davanın sonucunu olumlu veya olumsuz yönde etkileyebilir.

1) Çapa'dan bir aylık geçici uzaklaştırmayla ilgili olarak Halit Kocer'in Danıştay'da açtığı dava ne oldu? O kazanmışsa biz de (yani geri kalan dokuz arkadaş) emsal davası açacağız. Bu davanın sonucu İstanbul Barosu avukatlarından İbrahim Türk'ten öğrenilebilir.

2

2) Okul Müdürlüğü'nün ilişikte gönderdiği bildiriyle ilgili olarak hakkımızda Cemiyetler Kanunu'na muhalefetten dava açılmıştı; dava Toplu Basın Mahkemesi'ne devredildi, orada da zaman aşımından dolayı düştü. Fakat daha sonra savcılık, aynı bildiriden dolayı bu kez de sanıyorum, 6. Ağır Ceza Mahkemesi'nde "Hükümetin ve Milli Eğitim Bakanlığı'nın manevi şahsiyetini tahkir ve tezyif" davası açtı. Bu davanın sonucu acaba ne olmuş? Bu da İbrahim Türk'ten öğrenilebilir.

3) 12.10.1969 tarihinde okul önünde cereyan eden toplu kavgayla ilgili olarak, hem biz karşı grup hakkında dava açmıştık, hem de onlar bizim hakkımızda dava açmışlardı. Bunun sonucu da Danıştay'daki dava üzerine olumlu veya olumsuz etkide bulunacak niteliktedir. Davada avukat olarak kimlerin bulunduğunu hatırlamıyorum. Sonuç şimdi İstanbul Sıkıyönetim Cezaevi'nde tutuklu olan Salman Kaya'dan öğrenilebilir.

4) Danıştay'daki davayı etkileyecek bir başka dava da, Çapa'dan atıldıktan sonra okulu terk etmediğimiz gerekçesiyle, aleyhimizde açılan "okulu fiilî işgal" davasıdır. Bunun sonucu da belki İbrahim Türk'ten öğrenilebilir.

Yukarıdaki davalar lehimize sonuçlanmışsa, beni okuldan atmaları onlar için oldukça güçleşir. Bunların sonuçlarını öğrenebilirseniz memnun olurum.

Selam eder ellerinizden öperim.

Ebemin, anamın ellerinden, çocukların gözlerinden ayrı ayrı öperim.

Beni merak etmeyin. İyiyim ve şimdilik herhangi bir ihtiyacım yok.

Hoşçakalın
Oğlunuz İbrahim

İbo'nun bu mektubu Ali Kaypakkaya'nın içini oldukça ferahlatmıştı. Aylardır göremediği oğluyla, görüşebilme umudu-

3

nu iletmişti ona. "Demek ki işkenceler son buldu; İbrahim yine aynı İbrahim," diye iç geçirip, sevinmişti.

Çok ağır suçlamalarla sorgulandığı; aylardır "sağ mı, ölü mü" diye bir haber alamadığı; uzaktan da olsa yüzünün kimseye gösterilmediği, ölümlerden, çarpışmalardan geçmiş oğlu işte yine en küçük ayrıntısına kadar her şeyle ilgileniyor, bilgi istiyordu. Demek ki İbo'nun sağlığı yerindeydi.

Ali Kaypakkaya mektubu katlayıp cebine koydu. İbo'nun kendisinden istediği ve ona götürmek için topladığı malzemeyi bir bir kontrol etti. "Hiçbir eksik olmasın" diyordu. Onları özenle katlayıp ceplerine yerleştirdi. Heyecanlanıyor, telaşlanıyor, çıkıp hemen Diyarbakır'a gitmek istiyordu. Fakat bir hafta öncesinden küçük oğluna verdiği bir söz vardı. Sabah evden çıkarken tekrar hatırlamıştı, "beni seyre gelmeyi unutmayın" demişti. Annesi ve babasının 19 Mayıs gösterilerinde kendisini seyretmelerini istiyordu.

Ali Kaypakkaya oğlunun dileğine uymuş ve "annenle birlikte seni seyretmeğe geleceğiz" diye söz vermişti.

Sonra onu seyretmeye gittiler.

Tribünlerde binlerce ana baba gösterileri izliyor, sağa sola bakıp birbirlerine kendi çocuklarını gösteriyorlardı.

Ali Kaypakkaya ve karısı uzaktan bir nokta; bir kar tanesi gibi görmüşlerdi çocuklarını. Bir süre öylece dalgın dalgın bakmıştı oğluna. Bir eli koyun cebinde İbrahim'e götüreceği yazıların üstündeydi. Bir burukluk gelip gırtlağına kadar yükselmiş, konuşurken sesini olur olmaz yerde bölüyordu.

Sonra dayanamayıp ağlamaya başladı. Yüzünü avuçları içine aldı. O öyle, gizli gizli, sesini içine doğru gömerken, karısı "Neden sen her yerde böyle yapıyorsun, şimdi burada çocuğu mahzun etme" diye onu dürtmüş ve yatıştırmaya çalışmıştı. Ali Kaypakkaya karısına yarısı sessizleşmiş kısık sözcüklerle, "Gözüm önüne İbrahim geliyor," demişti, "bir zamanlar o da aynı elbiselerle gösterilere çıkardı. Şimdi ayakları kesilmiş, kolu kanadı kırılmış, yürüyebilir mi, yürüyemez mi belli değil,

zincirli mi boş mu belli değil; karanlık hücrelere kapatılmış...
Onu düşünüyorum..."

Sonra çıktılar stadyumdan. Dolu, doldurulmuş ve çalkantılı bir duyguyla geçtiler yoksul evlerine doğru, kalabalık caddelerinden Ankara'nın..

Binlerce gencin zincire vurulu olduğu, yüzlercesinin öldürüldüğü, şu öz yurtlarında, bir 19 Mayıs'ın daha akşamını ettiler.

Akşam basınca bir başına çıktı evinden Ali Kaypakkaya. Garaja geldi. Kendisini Diyarbakır'a götürecek otobüse bindi. Işıklar yeni yeni yanıyordu ki otobüs kıvrıla kıvrıla çıktı Ankara'dan. Bu kez yolculuğu öncekilerden farklı bir duyguyla doldurmuştu içini. Bugüne dek bütün görüşebilme girişimleri yüzgeri edilmişti. Şimdi karış karış yaklaşıyordu oğluna. Dağ yamaçlarından, yeşermiş tarlalardan akıp gidiyordu.

"Belki çok az görüştürürler" diyerek konuşacağı şeyleri kafası içinden tartıp biçiyor, önem oranına göre sıraya koyuyor, ayıklıyordu. Sadece selamları söylemesi on dakikayı tutardı. Duyduğuna göre görüşme süresi 10 dakikayla sınırlıydı. "Selamları söylemesem de olur, yeter ki istediği bilgileri iletebileyim" diye düşünüyor; "Belki aylardır görüşme almadığım için, bizi daha uzun görüştürürler" diyerek umutlanıyordu.

Sonra aklına geçmiş günler geliyor, o günleri düşünürken bu kez "bir an olsun uzaktan sağ salim görebilmeye bile" razı oluyordu.

Derken dalıp gitti bakışları. Sanki 1949 yılıydı: İbrahim yeni doğmuş da, onu eve getirmeye gidiyordu. Kundağına sarıp kucağına verecekler, yüzüne gözüne bakıp beşiğine koyacak, gidip köy kahvesine doğan oğlunu anlatacaktı.

Otobüs Diyarbakır'a doğru, gecenin karanlığı içinden, bir ışık parçası halinde kayıyor; motor gürültüsü git gide uzaklaşıyor, yerini Ali Kaypakkaya'nın göz uçlarında İbo'nun görüntülerini taşıyan bir gülümseyişe bırakıyordu...

... Ölümlerden geliyorum şarkı söyleyerekten,
geliyorum yaşamak için.
Bırak ışıldayan bir yara
bağışlasın bana sesini...
Yaramın üstünde yürümeyi öğretti bana
cellâtın bıçağı.
Yürümeyi, hem de yorulmadan.
Direnmeyi öğretti. Direnmeyi...

Mahmut Derviş

İbo iki-üç yaşındaydı ki, anasıyla babası ayrıldılar. Ali Kaypakkaya aynı köyden yeniden evlendi. Yeni karısı İbrahim'e hiçbir zaman öz anasını aratmadı. İbrahim'in kardeşleri çoğaldı. Yoksul evin ekmeği üçken beşe, beşken altıya bölünmeye başladı.

İbo dokuz yaşına kadar köylerinde davar güttü. Haşarılığın, dövüşkenliğin, ağırbaşlılığın birbiriyle kaynaştığı ödünsüz, inandırıcı bir kişiliği vardı. Her şeyi aşırı merak eder, anlamaya çalışırdı. Ne iş verilirse tutuyor, verilen işi bitirmeden dönmüyordu.

Dokuz yaşına değdiğinde, Ali Kaypakkaya İbo'yu, köylerine 20 km uzaklıktaki Karamahmut köyüne gönderdi. Orada bacısının yanına verdi. Okula yazdırdı. İlkokul bir ve ikinci sınıfları İbo bu köyde okudu. İkinci sınıfı bitirince, babası onu bu köyden alıp, Ortakışla köyünde okula verdi. İbo bir yıl da bu köyde okudu.

Daha o günlerde yaşıtlarıyla her alanda yarışır ve öne geçerdi. Fakat hiçbir zaman önde oluşunun kuruntusuna kapılmıyor, arkadaşlarıyla alay etmiyordu. Çoğu zaman bir yarışta önde olabileceğini belli etmezdi bile. Bir başkası kendini önde sansın ve sevinsin diye beklerdi.

Dördüncü ve beşinci sınıfları Alacaköy'de okudu.

Köyüne, toprağa yapışık gibiydi sanki. "Yerinden ayırsan, solabilir" izlenimi veriyordu. Yanısıra, okumaya da garip bir tutkusu vardı. Koyun gütmeye giderken bile defter, kalem götürür; okuma kitabını defalarca devirirdi.

Beşi bitirdiği yıl "öğretmen olacağım" demişti babasına. Ali Kaypakkaya oğlunun bu hevesine arka çıktı. İbo'yu yatılı sınavına soktu. Ailece oldukça yoksullardı. İbo sınavda kazandı ve Hasanoğlan Öğretmen Okulu'na yatılı öğrenci olarak alındı.

Ömrünün altı yılı bu okulda geçti. Yazları ve ara tatillerinde köyüne dönüyor; anasına, bacısına, ailesine yardım ediyordu. Bununla da kalmıyor, köylünün ne işi varsa omuz veriyordu.

Tırpan kullanırken yorulmak bilmiyordu. Kendinden çok büyükleri şaşkına çeviriyordu. Diğer öğrenci arkadaşları köylüye karışmaz, işe katılmazken, İbo köye gelir gelmez, ne iş varsa hemen onu yükleniyordu. Harmanda dönüyor, tırpan biçiyor, sap topluyor, evin her işini omuzluyordu.

İlk devrimci düşünceleri Hasanoğlan'da kendi gücüyle bulmaya başlamıştı. Okuyor, okuyup geliştikçe davranışları ve ilişkileri de değişiyordu.

Okulundan köye gelir gelmez, "köylüden biri" oluveriyor; ev ev köyün en yoksullarını dolaşıyor, hatırlarını soruyor, dertlerini dinliyordu.

Ali Kaypakkaya o tarihlerde inşaat ustası olarak çalışıyordu. Yarı aç, yarı tok bir emekçiydi. İbo köye indiğinde hatırını sormaya ilk koştuğu kişi "Hasan Amca" diye bilinen, "fakirin danasını güden" bir köylüydü. "Baba diyordu İbo, asıl eli öpülecek olanlar Hasan Amca gibilerdir..."

On altı-on yedi yaşlarına gelmişti ki, adını çevre köylerde dahi bilmeyen yoktu. Köylü ağzında "Allah evlat verecekse İbrahim gibisini versin" sözü bir hayırlı dilek olarak söyleniyordu.

Gücüyle olduğu gibi düşüncesiyle de yaşıtları arasında öne fırlaması, daha o yaşlarında, gericilerin şimşeklerini üstüne çekmeye başlamıştı. Okulunda "yeşili sevmiyorum" başlığıyla yazdığı bir yazı, öğretmenlerden birini çok kızdırmış, İbo'ya "Peki kızılı mı seviyorsun?" diyerek bir hayli eziyet çektirmişti.

İbo Hasanoğlan'dan "pekiyi" dereceyle mezun oldu. Çapa Yüksek Öğretmen Okulu adayları arasına girdi. İstanbul hayatında yeni bir dünya; İstanbul yolu yeni bir yoldu ona.

Kendi gücüyle hamurunu yoğurduğu ilk "ilkel devrimci" düşünceleriyle Çapa'ya geldi. Çok kısa bir süre içinde; İstanbul'a gelişinin daha ilk yılında serpildi, sivrildi gitti.

Hızlı tutulmaz bir gelişme gösteriyordu. Okulun en verimli, devrimci görüşlere en yatkın çocuklarını çevresine toplamaya başlamıştı bile. Çok geçmeden öğrencilerin yürekli, ilerici unsurları arasında birlik oluşturdu. Gecesini gündüzüne katıp onlarla tartışıyor, konuşuyor, çoğalabilmeleri, gelişip güçlenebilmeleri için sürekli olarak çaba harcıyordu.

En belirgin özelliklerinden birisi, köylüyle olan ilişkisini hiç kesmeyişiydi. Her fırsatta köyüne dönüyor, dergi, gazete, kitap getiriyor, çevre köyleri dolaşıyor, köylülerle konuşmalar yapıyordu.

Artık İbo'nun adı da "fişliler" arasına geçmişti. Bu kabına sığmaz öğrenciden tedirgin olanlar polise sürekli olarak "haber uçuruyordu."

1966-1967 öğrenim dönemiydi. Öğrenci eylemleri açısından durgun sayılabilecek bir yıl. Sol düşünce öğrenci gençlik içinde, belli bazı sıçramalar dışında genellikle uysal dalgalar halinde yaygınlaşıyordu. İbo işte bu "belli sıçrama noktaları"ndan birisiydi. Çapa'ya kısa zamanda, yüksek öğrenim gençliğinin yurtsever devrimci mücadelesinde ses kazandıran belirgin kişilerden birisiydi.

İlk açık eylemi yazdığı bir bildiriyle başladı. Çetin Altan bir gezisinde gericilerin saldırısına uğramıştı. İbo "devrimciler bu türden saldırıları ânında yanıtlamazsa, gericilik sinsi sinsi yaygınlaşır, işi kan dökmeye vardırır" demiş ve arkadaşlarını eylem için uyarmıştı.

Hemen bir bildiri yazarak saldırıyı lanetlemiş ve ardından okulda bir imza kampanyası açılmasına önayak olmuştu. Bu onun hayatında kendi imzasını taşıyan ilk açık eylemiydi. Ve onun eylemci ruhu kendini taşırarak, gün be gün sıçraya sıçraya gelişti.

Nerede bir konferans, bir açık oturum, bir forum varsa İbo orada görülüyordu. Bir köşede oturuyor, dinliyor, not tutuyor, sorular soruyordu. Ders çalışmaya çok az bir zaman ayırmasına karşın, yine de başarılı bir öğrenciydi. Özellikle matematikte bütün arkadaşlarına yardım edebilecek bir düzeydeydi. Zamanının büyük kısmını düşünceleri doğrultusunda haksızlıklara karşı mücadele alanlarına ayırıyordu.

1967-1968 öğrenim yılı bir önceki yıla oranla daha hareketli açıldı. Bu genel hareketliliğin doğal bir parçası da İbo'nun çevresinde oluşmuştu. Okulda önder olarak sivrilmişti. Arkadaşlarını "örgütlenme anlayışıyla" eğitmişti. Onları okulda örgüt kurmaya hazırlamıştı.

Ve İbo, Fikir Kulüpleri Federasyonu'na bağlı olarak, Çapa Yüksek Öğretmen Okulu Fikir Kulübü'nü kurdu. Örgütün kuruculuğunu birlikte omuzlayan arkadaşları onu başkanlığa seçtiler.

İbo için yeni bir dönem başlamıştı artık. Yönetici ve önder

olarak sorumluluğu daha da artmıştı. Derneğin kuruluş bildirisini yazdı. Ve arkadaşlarıyla okulda dağıttılar. Böylece artık, açık olarak bütün ilerici, devrimci ve yurtseverleri okulda birlik olmaya ve gerici, faşist, unsurlara karşı mücadele vermeye çağırıyordu.

Okul yönetimi bu ışıltıdan tedirgin olmaya başlamıştı. Bu fidanın "başından yolunması, kök verirse sökülemeyeceği" kulaklarına fısıldandı. Yönetim hemen harekete geçti ve Şubat tatilini fırsat bilerek, İbrahim ve arkadaşları hakkında kararlar aldı. Derneğin on kurucu üyesine "1 ay okuldan uzaklaştırma" cezası verildi. Bununla da yetinilmeyip İbrahim ve arkadaşları hakkında savcılığa ihbarda bulunuldu.

Bu bir ay süresince İbo, arkadaş evlerinde, diğer okullarda, birlik odalarında kaldı. Gündüzleri nerede görev varsa oraya koşuyordu. Her davranışı, herhangi bir militanın alçakgönüllüğü içindeydi. En ufak bir küçük burjuva tutkusu olmadığı için, okuldan uzaklaştırılması onun içinde korku, tedirginlik, yitirme duygusu bırakmamış; düşüncelerinde çözülme doğurmamıştı.

Baskıları gericilerin doğal tepkileri olarak karşılıyordu.

Tıpkı, İbo ve çevresindekilere olduğu gibi, diğer okullarda da, yükselen bilinç ve kitlenin demokratik isteklerine karşı, baskı uygulanıyor ve gün be gün yüksek öğrenim kurumlarında huzursuzluk dalga dalga yayılıyordu.

Bir nokta geldi ki, dalgaların uysal dağılımı rüzgârlandı. Ve çalkantıya dönüştü. Devrimciler "üniversiteleri işgal" eylemleri başlattılar.

İbo bu işgallerde sabahlara kadar nöbet tutan devrimcilerden birisiydi. Konuşmalar yapıyor, ateş başlarında eylemler üstüne tartışıyor, dövüş alanlarında en öne fırlıyor, canla başla çalışıyordu.

... Bir marşın kelimeleri ki umudun ışığıdır,
gücün ve direncin...
Bir marşın kelimeleri ki alında, göz üstünde
göğsün cevherinde beslenir...
Bir marşın kelimeleri ki
bileği bükülmez, ısrarı ölümsüzdür...
ona ses veren kuvvet
dalın yıldıza değdiği yerde
bir tomurcuk gibi irileşir...

Nihat Behram

Artık dergilere yazılar yazmaya da başlamıştı.

Öğrencilik dönemi boyunca sırayla *Forum, Ant, Türk Solu, Aydınlık, Sosyalist* gibi dergilerde yazıları çıktı.

FKF'nin (tarihinde önemli bir yeri olan ve ilk kez gençlik içindeki görüşlerin ayrılıklar olarak ortaya çıktığı) 2. Kurultayına, İbo da Çapa'dan delege olarak gelmişti. Artık o devrimci eylemler içinde sivrilen isimlerden birisiydi.

1968-1969 öğrenim yılı daha da yoğun olaylarla başladı. Gerek sol düşünce içindeki farklı çizgilerin tartışılması, gerek üniversitelerde, boyutları gittikçe büyüyen demokratik mücadele

11

açısından bu dönemin gerilimi oldukça yükselmişti. İbo ve arkadaşları da Çapa'da yoğun bir çalışma içindeydiler.

İbo bir yandan arkadaşlarını sürekli olarak "eylem" içinde tutmaya çalışıyor; bir yandan "sürekli okumalarına" önayak oluyordu. Böylece "hem eylemin sıcaklığında pişeceklerini, hem de sosyalizmin bilmiyle donandıkça, çelikleşeceklerini" söylüyordu.

Karşısındaki güçler onu önlemek için, her türden baskı yöntemlerine başvurmaya başlamışlardı. Sık sık gericilerin taşlı sopalı saldırılarına uğruyordu.

Baskıcılar tarafından okulda, gerici-şeriatçı unsurlar da palazlandırılmıştı.

İbo 29 Ekim ve 10 Kasım günlerinde, FKF'nin Çapa'da dağıtılacak bildirilerini hazırladı. Bizzat yazdı ve dağıtımında görev aldı.

Bu olay üstüne okul disiplin kurulu yine toplandı. Okul Müdürü sağ çevrelere yakınlığıyla tanınan ve bakanlık müfettişliğinden Çapa'ya atanmış olan Ayhan Doğan'dı.

Okulda FKF'nin kurucuları "Disiplin Kurulu kararıyla" cezalandırıldılar. "Yatılı öğrenci"lik hakları ellerinden alındı.

İbo ve arkadaşları "bu cezaya karşı direneceklerini ve haklarında alınan karara uymayacaklarını" açıkladılar. Okulun gerici-şeriatçı ve faşist unsurları (dışardan da takviye alarak) okul önünde toplandılar. Ve başta İbo olmak üzere, devrimci öğrencilerin okula girememesi için hazırlığa başladılar.

İbo ve arkadaşları gericilerin gözdağına boyun eğmedi. Onlarla kıyasıya bir çatışmaya girdiler. Şeriatçılar ilk kez bu olayda silah kullandılar. Şefik adlı gerici bir öğrenci devrimcilere karşı silahını ateşledi. Bu kavgada birçok öğrenci yaralandı. İbo zincir ve sopalarla ağır şekilde yaralanmasına karşın eğilmedi. Ve şeriatçıları püskürttüler. Ardından okul müdürü polis birliklerini çağırdı. Devrimciler okuldan çıkarıldı.

Herbiri yoksul ailelerden gelen devrimci öğrencilerin, yurtlarından atılmış olmaları, hayatlarında önemli bir sorun doğurmuştu. İbo okuldan atılan arkadaşları arasında moral bozuklukları ve çözülmelerle sürekli mücadele etti. Onlara olayların, Türkiye'nin genel yapısıyla ilgili siyasi özünü anlattı. Arkadaşlarının düşüncelerinde "devrimci yanın" "küçük burjuva yana" baskın gelmesine çalıştı. "Kazanmak için yenilgilerde yıkılmamak gerekiyor" diyordu.

Okul içinde kalabilen bir kısım yurtsever ve ilerici öğrenci, okuldan atılan arkadaşlarına karşı bu dönemde büyük bir dayanışma örneği sundular. Gizli gizli yemekhaneden, yatakhaneden yararlanmalarına yardımcı oldular. Gerektiğinde onlara yemek taşıdılar. Yataklarını bölüştüler.

Ali Kaypakkaya oğlunun okuldan uzaklaştırıldığını duymuş ve oldukça üzülmüştü. Onun tezelden okulunu bitirmesini istiyordu. İbo'yu çok zor koşullarda, yoksulluk içinde, dişinden tırnağından artırıp büyütmüştü.

Kalkıp İstanbul'a geldi. Oğluyla konuşacak, onu ikna etmeye çalışacaktı. Bir tanıdığı vardı. Sözü geçer diye bildiği bir kişi. Eski DP İl Başkanlarından Şevki Bey diye birisi. Şimdi ambarcılık yapıyordu. Ali Kaypakkaya varıp onu buldu. Olanı biteni, "İbo'nun başındaki belayı" anlattı bir bir.

Şevki Bey, "Ben bu işi hallederim, ancak bir şartla dedi: Senin oğlan; şimdiye kadar yaptıklarıma pişmanım, artık uslu bir talebe olacağım, hiçbir işe karışmayacağım, okul idaresi ve Türkiye İdaresi hakkında konuşmayacağım diye bir yazı yazsın ve altını imzalasın, al getir bana."

Ali Kaypakkaya İbrahim'in huyunu biliyordu. Yine de gidip "oğlum hal böyle böyle" diye anlatmıştı.

"Bak oğlum demişti, biz yoksul bir aileyiz; bir ipliğimizi çekseler yamalarımız dökülecek. Şevki Bey söz verdi, ben bu kararları öldürürüm dedi, gel dön bu işten..."

İbo babasına oldum olası sonsuz bir saygı duyuyordu. O hiçbir zaman kendisi yüzünden incinsin istemezdi. Babasının böyle konuşması, kendisinden böyle dileklerde bulunması karşısında bir ara sustu ve duygusunu yatıştırdıktan sonra:

"Baba dedi, sana bir itirazım yok benim; yoksulluğun benim

13

içimde de en büyük acı, ama tıpkı senin gibi bütün halk böyle yoksul, bin beteri var üstelik... Yalnız bir şey söyleyeceğim, üzerinde silahın varsa çek beni vur, elimi kaldırmayacağım, ama düşüncelerimden dönmemi isteme benden..."

Ali Kaypakkaya ne kadar direttiyse de İbo'yu yumuşatamadı.

"Neden kendinizi bir kurşuna hedef ediyorsunuz, diyordu; bak ne yiğit arkadaşların namlu ağzında, düşüp gidiyor..."

İbo babasına en ufak bir kırıcı söz söylemeden, sabırla ve her seferinde, ayrı ayrı, canyerinden örneklerle anlatıyor, anlatıyor, onu aydınlatmaya çabalıyordu.

Ali Kaypakkaya'nın böylesi çok konuşması vardı İbo'yla. İbo halktan insanlarla konuşurken her sözüne büyük bir özen gösteriyordu. İyi niyetli hataları eleştirirken, asla kırıcı olmuyordu. Babası onunla konuşurken, bu kez içten içe "kendini haksızlığı savunan bir kişi" olarak görüyor ve "günah işliyormuş gibi" bir duyguyla burkuluyordu. Sonunda susuyor ve sadece "ondan bir şeyler öğrenebilmek için" İbo'yu dinliyordu.

İbo okuldan uzaklaştırıldıktan sonra bir otelde çalıştı. Sonra patronla kavga edip ayrıldı. Bir süre öğrencilere matematik dersi verdi. Karnını doyuracak kadar bir parayı kazanınca gerisine aldırmıyor, enerji ve zamanını devrimci mücadeleye ayırıyordu.

Bir ara köyde aleyhine dedikodular yaygınlaştığını duymuş, doğru köyüne dönmüştü. Bazı gerici unsurlar, İbo'nun adı olaylara karışınca, onun "devleti yıkmak için hazırlık içinde olduğunu" söylüyorlardı.

İbo bir süre çevre köyleri dolaştı. Köylülerle dertleşti. Sorunlarını dinledi. Hayatlarındaki acıların gerçek özünü gösterdi. Çözüm yollarını anlattı, öneriler iletti.

Uzun geceler boyu onlarla konuşuyor "son zamanlarda iktidarın işi zora döktüğünü" söylüyor, kavgada vurulan arkadaşlarının hayatlarını anlatıyordu.

Her gittiği yerde sevgiyle karşılanıyor, oradan ayrılırken,

"kendi topraklarından yetişme bu yiğidi" sevgiyle uğurluyorlardı.

İbo köylülerle konuşurken sorunları hiç kabalaştırmıyor, hiçbir zaman hiçbir kimseye "boş söz" vermiyordu. Yapabileceklerini nasıl anlatıyorsa, yapamayacaklarını da aynı içtenlikle belirtiyordu. Onun bu niteliği çevresinde kendisine güveni iyice pekiştiriyordu. Dolaştığı köylerin bütün özellikleri hakkında bilgiliydi. Gerek giyinişi, oturup kalkışı, gelenek ve göreneklere saygısı, gerekse dili, konuşması açısından İbo'yla köylüler arasında çelişki yoktu. Bu ölçülere özellikle özen gösteriyordu. Köylülere dışardan bir insan değil, kendilerinden biri olduğunu; onların sorunlarını kendi sorunu bildiğini içten davranışlarıyla hemen hissettiriyordu.

Köylüler onda acılarının ve sevinçlerinin elle tutulur, gözle görülür, kulakla duyulur şeklini yaşıyordu.

Saz çalıyor, birlikte türkü söylüyor, düğünlerinde halk oyunları oynuyordu. Türkülere ve halk oyunlarına çocukluğundan beri ilgi duymaktaydı.

Çevre köylerden kendi evlerine döndüğünde kapanıyor, gecenin aydınlığa değen saatlerine kadar ölü ışık altında sürekli okuyordu. Fırsat buldukça babasına da romanlardan bölümler okuyor, başka ülkelerin devrimlerinden yaşanmış olaylar anlatıyordu.

1968-1969 dönemi gençliğin belli aktif unsurlarının bir yanıyla işçi ve köylü kesimleriyle ilişkiler kurmaya başladığı bir dönemdi. Gençlik eylemlerinde ilk şehitler veriliyor, faşizm gün be gün yeni yöntemlerle azgınlaşıyor, devrimci örgütlenme çabaları böyle bir ortamda yeni boyutlara varıyor; bir yandan ileri devrimci unsurlar yükselen işçi ve köylü hareketlerine karışıyordu.

İbo 6. Filo ve Kanlı Pazar gibi olaylarda önde yürüyen devrimcilerden biri olduğu gibi, o dönemde fabrikalarda ve köylerde çalışan sayılı devrimcilerden de biriydi.

1969-1970 döneminde artık İbo öğrenci gençlik arasında az

15

görülür olmuştu. Genellikle *Türk Solu* dergisine işçi ve köylü eylemleriyle ilgili haber ve yazılar yazıyor, sürekli olarak kitle eylemlerine koşuyordu. Dergide olduğu zamanlarda her işi yükleniyor, gönüllü olarak çalışıyor, nöbet tutuyor, pul yapıştırıyor, dergi katlıyordu.

Okuldan çıkarılmalarıyla ilgili işlemi Danıştay haksız bulmuş ve kararı bozmuştu. Atılan öğrencilerin geri alınması gerekiyordu. Okul yönetimi sadece İbrahim için bu kararı uygulamadı.

Okulda "İbo'yla ilgili bir toplantı yapıldığı" söylendi. Toplantıya Ahmet Kabaklı, Nihat Sami Banarlı ve ırkçı çevrelere yakınlığıyla tanınan İbrahim Köseoğlu'nun katıldığı duyuldu. AP'li Milli Eğitim Bakanı İlhami Ertem'in de toplantıya katılanlar arasında olduğu söyleniyordu.

Atılan dokuz öğrenci okula alınmış, İbo alınmamıştı.

... Beni baskınlar götürür
gerillanın şahdamarı halkıma
korkunç ve soylu bir tutkudur dayatma
yalnız bu kadar da değil
yarin hayali gibi üstelik
nazlıdır
usuldur
ince
bilgedir
biz ki ustasıyız vatan sevmenin
umut
saklımızda ölümsüz bayrak
kırmızı-kırmızı
dalga-dalgadır...

Ahmed Arif

1970 nice yiğit gencin ardı ardına düştüğü; devrimcilerin baskı, şiddet ve vahşete karşın, canları ağzında direnip, çalıştıkları bir yıldı. Saflardaki bölünmeler de giderek netlik kazanmaya başlamıştı.

İbo bu dönemde özellikle "revizyonizm" üzerinde düşünüyor, arkadaşlarıyla tartışıyor, onlara revizyonizmi iyi öğrenme-

17

lerini söylüyor, düşmana olduğu gibi revizyonistlere karşı da "aktif mücadele" öneriyordu. Bu dönemde İbo, polisçe iki kez yakalanmış ve ikisinde de feci şekilde dövülmüştü. Birinde tutuklanmış ve bir aya yakın tutuklu kalmıştı.

Kırda ve kentlerde, köy ve fabrikalarda kitlelerin mücadele ruhunun yükseldiği bu yılda, birçok kitle eylemi olmaktaydı. Bir keresinde Trakya'da, Değirmenköy'ün yoksul köylüleri ayaklanmıştı. Topraklarını gasp eden ağaların elinden kendi topraklarını geri almışlardı. İbo da orada, köylülerin arasındaydı. Bileği bükülmez bir devrimci daha vardı Değirmenköy'deki devrimciler arasında; Cihan Alptekin.

Cihan ve İbo orada kitleyle kaynaşmanın, kitlelerin eylemlerini yönlendirmenin, ona öncülük etmenin şanlı örneklerinden birini verdiler.

Köylüler kendilerini kandırmaya, nutuk çekmeye gelen yüksek görevlileri dinlemiyorladı bile. Onlarla, köy meydanında köy halkıyla İbo ve Cihan konuşuyordu. Köylüler ikisini de halkın gerçek evlatları olarak bağırlarına basmış, onların şahsında devrimcilere karşı sevgi ve güvenleri çelikleşmişti.

Görevliler ilkin bu iki genç insanı jandarmaya yakalatmak istemiş, fakat karşılarında köylülerin direniş hazırlığını ve bu iki genç yakalanırsa karşı koyacaklarını görüp, bundan vazgeçmek zorunda kalmışlardı. Köylüler devrimcilere açıkça sahip çıkmış ve onları teslim etmeyeceklerini söylüyorlardı.

Bu kez dönüş yolunda pusu kuruldu. İbo ve Cihan'ı yakaladılar. İşkenceden geçirdiler. Onlarsa daha da bilenmiş olarak çıktılar, kollarının, göğüslerinin çiğnendiği işkence odalarından...

Gün günü kovaladıkça kitlelerdeki sosyal, ekonomik huzursuzluk da gitgide yoğunlaştı. Siyasal demokratik kitle hareketlerine dönüştü.

Ve kitlelerin yükselen mücadelesi 15-16 Haziran'da sokaklarda şekillendi.

Şehrin dört bir yanında kitlelerin dalgalandığı bu günlerde İbo da işçiler arasında ve onlardan birisiydi. Küçük komiteler

18

oluşturmuştu. Gece sabahlara kadar bildiri basıyor; gündüz şehirde, dövüşün en yoğun yaşandığı yere koşuyordu. İşçilerle kol kola barikatlardan geçiyordu.

Aylardır işçiler arasında oluşu, onun mücadelesi içinde, işçi sınıfının en yürekli kesimleri tarafından tanınıp sevilmesini sağlamıştı. Yüzlerce işçi, kardeşleri gibi tanıyordu İbo'yu.

Demirdöküm Fabrikası, Sungurlar, Horoz Çivi, Pertriks, Ege Sanayi, EAS Akü, Gıslaved, Gamak, Singer, Derby... işçileri bu yiğit genci yakından tanıyor ve kendilerinden biri olarak seviyorlardı. Her bir fabrikada, işçilerin haklı mücadelesinde, İbo'nun teri ve enerjisi vardı.

1971 başlarında Çorum ve köylerinde araştırma çalışmalarına çıktı. Bu bölge ve köyleriyle ilgili olarak uzun bir zamandır çalışma tasarlıyordu.

Onun Çorum köylerine doğru yola çıkışı, aynı zamanda Türkiye'de açık faşizmin tezgâhlandığı günlere denk geldi. Emperyalizm kitlelerin yükselen mücadelesini, geniş halk yığınlarının yaşadığı huzursuzluğu kan ve ateşle bastırmanın pususuna yatmıştı. Böylece mücadelenin ileri unsurları da yok edilecekti.

Faşistler kollarını sıvadılar.

Derken sıkıyönetim ilan edildi.

Fabrikalarda grevler, köylerde kitle eylemleri, mitingler, yürüyüşler yasaklandı. Bütün devrimci dergiler, demokratik kitle örgütleri kapatıldı. Basına sansür kondu. Devrimci avına başlandı. İlk elde binlerce yurtsever, devrimcinin evi basıldı. Birçoğu tutuklandı. Onlarcası katledildi. Korkaklar, yılgınlar sindi. İşçi sınıfının güçlü siyasal kitle örgütü olmayışı, yokluğunu kitleler üstünde acıyla hissettirdi.

Birçok devrimci Anadolu'nun çeşitli bölgelerine dağıldı.

İbo bir hayat yoldaşıyla üç aydır Çorum yöresindeydi. Bu bölgedeki uzun süreli çalışmaları sonucunda "Çorum ilinde Sınıfların Tahlili" konusunda bir inceleme hazırladı. Canlı gözlemlerini yazıya dönüştürdü.

Sıkıyönetimle birlikte tekrar çekildiği bu bölgede arkadaşıyla birlikte sürekli okuyup çalıştılar. Bir yandan da yöredeki köyleri dolaşıp, gelişen olayların gerçek yüzünü anlattılar. Zaman zaman diğer bölgedeki arkadaşlarıyla ilişki kuruyor bilgi alıp bilgi veriyor, kafasında yeni bir örgütlenme tasarısı geliştiriyordu.

Sonra bu bölgeden ayrılmaya karar verdi İbo. Bölgeden Anadolu'nun bir başka kesimine ayrılacağı gün, babasının evindeydi. Ayağında bir lastik; üstü başı alabildiğine yoksul, koltuğunun altında bir paket vardı.

Ali Kaypakkaya, "Gel oğlum teslim ol, seni bir kurşuna kurban edecekler, bak niceleri vuruldu," diyor ve İbo'yu ikna etmeye çalışıyordu. İbo ise, "Ölenler de senin oğlun" diyerek, babasına kendisi için üzülmemesi gerektiğini anlatıyor, halka bağlılığın kendisi için canından daha değerli olduğunu söylüyordu.

Ali Kaypakkaya bir ara İbo'yu yakalatmayı geçirdi aklından. Oğlu ölmesin istiyordu. Onun nice gözüpek, karşısındakilerin ise nice kalabalık olduğunu, hangi yöntemlere başvurduklarını biliyordu. Sonra "çevirdiklerinde direnir de, oğlumu kendi ellerimle öldürtmüş olurum" diye düşünüp vazgeçti İbo'yu yakalatma tasarısından.

İbo ayrılmak üzereydi. Son olarak babasından bir adres sormuştu. Yine her zamanki gibi şakacıl ve uysaldı. Babasının, zayıflığına üzüldüğünü görünce, "Bir savaşta bir komutan, keşke fare kadar olsam da, her deliğe girebilsem dermiş" diye bir fıkra anlatmış, havayı olgun bir biçimde üzüntüden neşeye çevirmişti.

İbo ayrılıp çıkacakken Ali Kaypakkaya ona parası olup olmadığını sormuştu. İbo, "Yeteri kadar param var," demişti. Babası bu yanıtla ikna olmamış, oğlunun üstünü aramıştı. İbo'nun ceplerinden sadece on lira çıkmıştı. Ali Kaypakkaya hemen evden ayrılmış, komşularından yüz lira borç alarak dönmüştü.

Babası öyle koştururken, İbo dalgın ve hüzünlü bir bakışla onu izlemiş, sonra vedalaşıp kapının eşiğinden sessizce sıyrılıp gitmişti.

İbo bu ayrılışından 24 Ocak 1973'e dek, zaman zaman İstanbul ve Ankara'ya uğramakla birlikte, genel olarak Tunceli, Malatya, Antep yörelerinde; Silvan, Nazmiye, Kürecik ilçelerinde; Haydaranlar'da, Nurhaklar'da, Düzgün Dağları'nda; yaylalarda, köylerde dolaştı durdu.

Gün yirmi dört saat karış karış dolaştı, konuştu, dert dinledi, dertleşti. En büyük amacı, örgütlü bir güçle halkın derdine "söz" olabilmekti. Yakın yoldaş çevresini Anadolu'nun özellikle güneydoğu bölgelerinde görevlendirip, çalışma merkezlerine yolladı. Sürekli olarak onların çalışma bölgelerini dolaştı. Zaman zaman ise, yeni kadrolar devşirmek ve yönlendirmek için İstanbul'a döndü.

Bir süre sonra kendisine yerleşme ve çalışma alanı olarak Malatya bölgesini seçti. Aylarca bu bölgede köy çalışmaları yaptı. Çalışmalarında kitlelerin ileri unsurlarıyla birleşmeye özen gösteriyordu. Geziyor, çeşitli bölgelere yerleştirdiği yoldaşlarını denetliyor, onların çalışma raporlarını dinliyor ve yönlendiriyordu.

İbo o yılın güzünü Malatya köylerinde geçirdi.

Akşam basınca yola çıkıyor, köyleri ev ev dolaşıyordu.

Onlar, dertlerini cankulağıyla dinleyen bu gence, bir anda ısınıyorlardı. Kısa bir süre içinde İbo'ya alışıyorlar ve uzun uzun konuşuyorlardı.

İbo dolaştığı köylerde zengin köylülerin devrimciliğini her zaman ihtiyatla karşılıyordu. Halkı hor gören zengin köylülere ise özellikle soğuk davranıyordu.

Artık İbo'nun kişiliğinde bütün davranışları yapmacıksızdı. Her şeyi bir halk bilgini olmanın ölçüsünde, doğal bir görünümdeydi.

Çok konuşan birisini bile sabırla dinler, fakat verdiği bilgileri fazla önemsemezdi.

Orta köylülere, her gün nasıl yoksullaştıklarını, kendi hayatlarındaki örnekleriyle anlattırıyor, sonra nedenlerini açıklayıp, onları eğitiyordu. Daha çok, yoksul köylülerle ilişki kuruyor, bilgiyi onlardan alıyor, en fazla yoksul köylüleri önemsiyor, onların verdiği bilgilere güven duyuyordu.

21

... Sokaklarda
devriyeler geziyor
yeni komutlar geliyor tümenlerle köylülerle ilgili,
çifter çifter nöbette fabrika önlerinde polisler:
açlığın, zulmün, karanlığın
yanı başında yeni bir yara: ihanetler.

Nihat Behram

Yılmadan yorulmadan dağbaşlarında köy köy dolaşıyor, yoksul köylülerle, çobanlarla uzun uzun sohbet ediyordu. Her seferinde ayrı bir heyecanla Çin, Vietnam, Ekim Devrimlerini anlatıyor, başka ülkelerin halklarının hayatlarını ve mücadelelerini destansı bir üslupla onlara tanıtıyordu. Köylüler de tıpkı İbo'nun köylüleri dinleyişi gibi, İbo'yu cankulağıyla dinliyor ve heyecanlanıyorlardı. Ardından köylüler de kendi hayatlarından ona bir şeyler anlatmak duygusuyla doluyorlardı.

İbo özellikle yaşlılara, o bölgenin tarihini, isyanları; derinlerde yatan, kökü eskilere dayanan dertleri anlattırır; edindiği bilgileri daha sonra bir bir not eder, dolaştığı bölgelerle ilgili yazılar yazarken, siyasal çözümler getirirken görüşlerini geçerli ve yaşanır kılardı.

Dolaştığı bölgelerde, ilişkide olduğu yoldaşlarıyla en küçük sorunlarına kadar ilgileniyor, onların sorunlarını kendi sorunu ediniyor ve içten bir ilgiyle çözüm yolları arıyordu. Eylem arkadaşlarını eleştirirken de "hastayı kurtarmak için hastalığı tedavi etmek" ilkesini özenle uyguluyor, aksaklıkları, kimseyi kırmadan çözümleme yoluna gidiyordu.

Kollektif çalışmaya alabildiğine önem veriyordu. Ve tasarladığı şeyi ilkin kendisi uyguluyordu. Yoldaşlarına sürekli olarak kendisinin yanlışlarını soruyor, onların eleştirilerine her şeyden fazla değer veriyordu. Bir işte hatalı olduğunu anladığı an, hatasını hemen açık yüreklilikle kabulleniyor ve tekrar etmemesi için özeleştirisini yapıyordu. Özellikle yoldaşları tarafından eleştirilirken asla küçük burjuvaca bir hırçınlığa kapılmıyordu.

Kendisinde var ettiği bu erdemleri, çevresine karşı da uyguluyordu. Kimi zaman bir yoldaş küçük burjuvaca davranarak, gururunu yenemeyip, özeleştiriden kaçınacak olsa, İbo hiç üstüne varmaz ve fakat garip bir ustalıkla onu hiç incitmeden utandırırdı. Çok yetenekli olmakla birlikte, biriyle tartışırken, onu eleştirirken yeteneğini asla kötüye kullanmıyordu.

Kişiliğini, düşüncelerini; rüzgârın, taşın ve kitle ilişkilerinin içinde pişirmişti. Aydınlara özgü bilgiçlikten, eylemsiz gevezelikten; kuru, coşkusuz bağlılıklardan, kararsızlıklardan, hantallıklardan kusarcasına iğreniyordu. Bir dal, bir akarsu gibi doğaldı her şeyi. Özellikle yaşadığı şu son aylar, kişiliğindeki halktan olan erdemleri iyice netleştirmiş ve pekiştirmişti.

Kısa zamanda Kürtçe'yi de çat pat sökmüştü. Fakat yine de köyleri dolaşırken yanına Kürtçe'yi iyi bilen bir yoldaş alıyordu. Yoksul evlerine kendi eviymiş sıcaklığıyla yanaşır, seslenir; daha kapı açılırken İbo ile köylüler arasında yakınlık doğardı.

Hiç sezdirmeden sorunların siyasi özüne giriyordu. Ve bir daha bir ömür boyu köylülerin düşüncelerinden silinmeyecek, unutulup gitmeyecek şekilde onları, açlıklarına, çıplaklıklarına, yoksulluklarına karşı bilgilendiriyordu.

Genellikle erken uyumaya alışkın olan köylüler, İbo evlerinde konuklarıyken, uyku denilen şeyi unutuyorlardı. Ata yadigârı bir duygu gelip harlanıyordu sanki içlerinde. Yiğitleniyor, öfkeleniyor, sabırsızlanıyorlardı.

Arkadaşlarına eylemde inisiyatif tanımaya ayrı bir özen gösteriyordu. Herhangi bir bölgedeki çalışmaları izlemeye gittiği zaman, eylemlerin doğru ve aksak yanlarını hareketin sıcaklığı içinde tartışıyordu. Pratiğin getireceklerine her zaman bir açık kapı bırakıyor, hesapta olmayan sonuçlardan bir sonraki çalışmaya iyi ve kötü dersler çıkarıyordu.

Malatya yöresinde kitlenin ileri kesimleri içinde kısa zamanda "okuma grupları" kurdu.

Kısa aralıklarla sağa sola gitmekle birlikte, yerleşme bölgesi olarak Malatya yöresindeydi.

Türkiye'de devrimcilerin ardı ardına öldürüldüğü, işkencelerin alıp başını yürüdüğü bir dönemde. Binlerce insan düşüncelerinden ötürü yargılanıyordu. Karşı-devrim terörü kapı önlerini, yolbaşlarını tutmuştu.

Korku, dönekliği kamçılamış; saflarda yüzgeri edenler görünmeye başlamıştı.

Hataların devrimci eleştirisi, kötü sonuçların devrimci yorumu ve sorunların devrimci çözümü yerine, sinikliği, dönekliği, teslimiyeti seçenler çeşitli biçimlerde karşı saflarda yer almış; halkın üstüne çöreklenen ağırlığı, sömürünün halkın kanındaki vantuzlarını görmezden geliyorlardı. Üstelik çözülmelerinden de öte, uluorta her fırsata, "yanlışları eleştiri" adı altında devrimci mücadeleye alçakça bir saldırı kampanyasını da başlatmışlardı. Neye sahip çıkıp neyin eleştirilmesi gerektiğini birbirine karıştırmış ve karşı devrimin mikrofonlarından devrimciliğin en temel erdemlerini sinsice saldırılarına hedef almaktaydılar. Böylece "günah çıkarıp, af diliyorlardı."

Direnenler de vardı. Başeğmeyenler. Sonuçları devrimci sabır ve kararlılıkla göğüsleyenler.

İbo, sıkıyönetimin işkencehanelerinden baş eğmeden geçen Ömer Ayna'nın, gazetelerde çıkan resimlerine bakarken,

24

bunları düşünüyordu. Ömer'in bakışlarında düşmeyen şey, İbo'ya sıcak bir selam iletmişti. "İşkenceye dayanmanın devrimcilikte ilk koşullardan biri" olduğunu söylüyor; Ömer'i göstererek arkadaşlarına bu konuda, onu örnek almalarını salık veriyordu.

Ömer'in bakışları sıkıyönetim odalarından gelip, İbo'nun yüreğinde coşku ve heyecanla buluşmuştu. Onun kararlı ve pürüzsüz alnı, hayatın içinde ses vermiş, yankılanmış ve İbo'nun duygularında şekillenmişti.

İbo dayanıklılığı, hayatının her birimine uygulamak istiyordu.

"İşkencelerin gelmesini beklememek gerekli," diyordu yoldaşlarına; "Sanki her an uygulanıyormuşçasına yaşayarak, onu daha baştan altetmeliyiz..."

Ve yorulmak, dinmek bilmez iradeyi de hayatının her birimine uyguluyordu İbo.

Bir gün birkaç yoldaşıyla kendi bölgelerinden, bir başka bölgeye geçeceklerdi. Üç kişiydiler. Yamaçtan dağa vurmuşlardı. Yukarılara doğru tırmandıkça, doğa, kar ve rüzgârla kesiyordu önlerini. Dağ gitgide geçilmez oluyordu. Saatler boyu yürüdüler. Zifiri karanlık altında, ellerindeki fener, kartipisini ancak üç adım oyabiliyordu. Uzaktan kurt ulumaları gelmekteydi. Elleri tetikte, dipsiz uçurumlar eşiğinden, yalçın kayalıklar dibinden peş peşe saatlerce tırmandılar. Sonra inişe yöneldiler. Yüzleri buz tutmuştu. Uzun bir inişten sonra, uzaktan köy ışıklarını gördüler. Tipiden sıyrılıp köye yöneldiklerinde, aynı yamaçları, tırmandıkları yerden geri indiklerini gördüler.

Yoldaşları İbo'ya artık gitmemeyi öneriyorlardı. Fakat İbo, son ve kesinlik belirten bir sesle tekrar yola koyulacakları komutunu vermişti. Sabaha karşı tepenin öbür yakasında kendilerini bekleyen yoldaşlarına ulaştılar...

İbo, "direnmenin ve kararlılığın, kazanmak için önemli bir koşul" olduğunu söylüyordu. Zorlukları göğüslemenin örneğini bizzat kendisi veriyordu. Sabrı ve direşkenliği İbo'nun aylardır doğanın zorlukları içinde yaşamasıyla birleşince, doğa İbo'yu kendisinin bir parçası kılmıştı.

Bir gün bir başka bölgeye geçmek üzere yola koyulmuşlardı. Bütün gün engebeli bir arazide yürüdükten sonra, geceyi geçirecekleri bir konaklama yeri aramaya başlamışlardı. Dağın kıvrımları arasında küçük bir mağara buldular. Çok dardı ve içine ancak girilebiliyordu. Rüzgâr ve yağmurdan korunmaları gerekiyordu. Arkadaşları İbo'ya yeni bir yer aramayı önerdiler. İbo mağaranın içine girmiş çalışmaya başlamıştı bile. Sanki rüzgâr döne döne suyun içine giriyordu. İbo büyük bir enerji ve zevkle döne döne elindeki aletiyle kayaları kırıyor, mağarayı genişletiyordu. O gece hepsi o mağarada konakladılar.

Kaldıkları bölgede kış, dağ doruklarından düze inmişti. Mahirgilin Maltepe cezaevinden kaçmalarından sonra güvenlik kuvvetlerinin bu bölgede de aramaları yoğunlaşmıştı. Antep, Malatya yol kavşakları tutulmuştu. İbo ise hiç istifini bozmadan, bu kavşaklardan büyük bir rahatlıkla geçiyordu.

Ayağında gıslavet, sırtında eski paltosu, kasketi ve yerel pantolonu ile "işi başından aşkın bir köy proleteri" görünümündeydi. Birlikte yürüdüğü köylülerden onu ayırt edemiyorlardı. İbo aramalarda soğukkanlılığını hiçbir zaman yitirmiyordu. Ve zaten çoğu zaman, arama noktalarından geçerken, hiç dikkat çekmiyordu.

Uzun süre Malatya bölgesinde kaldıktan sonra, bir gün ayrıldı. Sonra çeşitli bölgelerde dolaştı. Kaldığı yerlerde, Malatya'dan tuttuğu notları sistemleştirip "Malatya'da Sınıfların Tahlili" konulu bir inceleme hazırladı.

... Elbette vardır bir diyeceği bir haberi.
Bir kaçağa çay sunan Kürt kadınlarının
Dağlar dilsizdir, yalçındır.
Ama gün gelir bir diyeceği olur onların da
Ve dağlar, ıssız tarlalar başladı mı konuşmaya
Susmazlar bir daha söz artık onlarındır...

Ataol Behramoğlu

Ayrılığından bir süre sonra Bora Gözen ile yine Malatya bölgesine döndü. Bora o günlerde ağır hastaydı. Sarılık olmuştu. İbo onu bölgede arkadaşlarına bırakıp Tunceli'ye geçti.

(Bora iyileşmeye yüz tuttuktan bir süre sonra Malatya'dan ayrılıp Filistin'e gitti. Filistin'de olduğu günlerde, bir İsrail baskınında, bir grup Türkiyeli devrimciyle birlikte İsrail birliklerince öldürüldü...)

İbo Tunceli'de kısa bir süre kalıp, çalışma bölgelerinin raporlarını toplayarak İstanbul'a geçti. İstanbul'da bir süre, topladığı raporlar üstünde çalıştı. Bir kısmını yazıya dönüştürdü.

Eğitim için Filistin'e giden arkadaşlarının Malatya'ya dönmesinden sonra, İbo'da bölgeye geldi.

27

Artık bölge halkının geniş bir kesimi onu (gerçek adıyla değil fakat) kişiliğiyle tanıyor ve yürekten seviyordu.

Arkadaşlarına sık sık sevgilerin, bağlılıkların kararmaması gerektiğini söylüyordu. Doğa güzellikleri ve insanlararası ilişkilere karşı katılaşmaya yüztutabilecek duygularla mücadele ediyordu. Kendinden örnekler veriyor, yaşlı ve yoksul ebesine karşı beslediği sevgiyi, ona duyduğu özlemi, babasına karşı saygısını canlı örneklerle anlatıyordu. "İbrahim Kaypakkaya" kimliğini yırtıp atmıştı çoktan. Başka bir kimlikle yaşıyordu. Çevresinde çok az yoldaşı onu "İbrahim" olarak biliyordu.

İnsansal ilişkilere bu denli özen gösterişi, köylüler arasında sevilmesinde de önemli bir etkendi. Yardımına koştuğu bu insanlar, zor anlarında da, onun yardımına koşuyorlardı.

Bir gün sabaha karşı bir köye inmişler ve bir evde konaklayıp dinlenmeye çekilmiş, uykuya dalmışlardı. Bir ara bir çığlıkla uyandılar. Evin kadını Kürtçe, "Avetın ser gund..." (Köy basıldı!..) diye bağırıyordu. İbo ve iki yoldaşı arka yandan evi terk ettiler. Dağa doğru vurdular. İbo yoldaşlarının ürküntüsünü, koşarken adımlarına uyan bir türküyü söyleyerek yatıştırıyor ve onları cesaretlendiriyordu. Her zaman olduğu gibi bu kez de bir tehlikeden en ufak bir korku izi taşımadan ve çevresine de güç vererek sıyrılmıştı.

İşine, halkına olan bağlılığı; davaya olan içten inancı, o konuşurken sesinden hemen hissediliyordu. Halk düşmanlarından söz ederken bir yanardağ gibi parlıyor; sevgiden sevinçten söz ederken uysallaşıyordu. İbo'nun bu özelliği köylüleri çok etkiliyordu.

Konuşmalarında ve arayışlarında hiçbir sorun belirsiz olsun istemiyordu. Karanlık kalan her bir noktanın üzerine gidiyor ve açıklığa kavuşturmadan bırakmıyordu.

Çalışmalarından arta kalan zamanında küçük defteriyle ya bir köşeye çekiliyor, ya bir kayanın üstüne çıkıp oturuyor, not tutuyor, tasarılar kuruyordu. Zaman zaman da kısa kavga şiirleri yazıp, arkadaşlarına okuyordu.

Bir şiiri şöyleydi İbo'nun:

ÖLEN YOLDAŞLAR İÇİN

Siz ki canınızı verdiniz halkımız için
Siz ki her şeyinizi verdiniz bu kavga uğruna
Göğsümüzde onurla dalgalanan
Kavganın bayrağına siz ki al rengini verdiniz
Ey, ölümsüz halkımız için toprağa düşenlerimiz
Ey, yüce oğulları halkımızın
Gururla ve sabırla dinlenin şimdi
Kavganızı sürdürüyor yoldaşlarınız...

Mayıs ayı sürmekteydi. Denizgilin darağacında can verişinin 12. günüydü. İdamlarla ilgili olarak Ankara'dan dalga dalga yayılan haberler, gelip İbo'yu da bulmuştu. Deniz, Yufus ve Hüseyin'in son anları, İbo'nun göğsünde de yer etmiş; bir garip genişlik, bir garip hüzün ve öfke işlemişti...

O günlerde İbo uzun bir süredir hesabını yaptığı bir düşünceyi eyleme dökmenin hazırlığındaydı.

Yine böyle bir mevsimde, aynı bölgede THKO'ya bağlı gençler güvenlik kuvvetleri tarafından çevrilmiş ve çatışmada Sinan Cemgil, Kadir Manga ve Alparslan Özdoğan öldürülmüştü.

İbo bu olaydan sonra bölge köylerinde araştırma yapmış ve İnekli köyü yöresinde yaşanmış olan bu olayla ilgili olarak köylülerden bilgi toplamıştı.

Sonra aklına bir not düşmüştü: "Malatya, Akçadağ kazası, Kürecik bucağı Kâhyalı köy muhtarı Mustafa Mordeniz" diye...

İbo, Mustafa Mordeniz'in "ihbarcı" olduğunu söylüyordu.

Uzun bir hazırlık sürecinden sonra bir arkadaşıyla birlikte bölgede pusuya yattı. Muhtarı teslim aldı. Önceden saptadığı bir mağaraya götürdü. Sorguya çekti ve daha sonra kurşuna dizdi...

İbo bu olaydan bir süre sonra bölgeyi terk ederek Tunceli'ye geçti. Aynı bölgeye Haydaran dağından Ali Haydar Yıldız ve Muzaffer de gelmişti. Orada İbo'yu bulup birlikte Haydaran yaylalarına döndüler.

İbo burada Muhtar Mustafa Mordeniz olayıyla ilgili olarak arkadaşlarına şunları anlattı:

"Faşistler şimdiye kadar ülkemizde 100'e yakın devrimciyi yok etti. Bunların büyük çoğunluğu canlarını, kahramanca çarpışarak, halkın kurtuluş davasına bağışladılar. Halkımızın zulme karşı yükselen hıncı, evlatlarının dökülen kanlarıyla daha da arttı.

"Bizler yaşadığımız sürece yoldaşlarımızın ve bütün yurtseverlerin faşizme karşı verdiği cesur ve kararlı mücadeleyi yürütmekle görevliyiz.

"Bugün, faşistlerin amacı halkımızın örgütlü gücünü kan ve ateşle boğmaktır. Faşistler bu amaca ulaşmak için bütün olanaklarını seferber ederler. Halkın sefaletini kullanarak, para vadetmek sureti ile vicdanını ve şerefini para ile satan geri unsurları muhbirciliğe teşvik ederler.

"Sinan Cemgil'in komutasındaki devrimci grubu bu tip muhbirlerin yardımı ile yok etmek istediler, fakat bütünü yok edemediler. Onlar Gölbaşı dağlarında faşist saldırganlara karşı az bir kuvvet ile kahramanca çarpıştılar.

"Faşistler onların cesetlerini, halka gözdağı vermek için soyarak, Gölbaşı'nın içine getirdiler. Burjuva basını teşhir görevini resimlerle yürüttü. Birkaç gün sonra da muhbirlere ve saldırganlara paralar dağıtıldı. Ama faşistlerin ellerindeki silah ters tepti. O bölgenin köylüleri başta olmak üzere Türkiye'nin çileli halkı bu cinayeti lanetledi.

"Ben o bölgede çalıştığım için halkın tepkisini bizzat yakından gördüm. Halk, zalimlerin ve onların politikasına alet olan hainlerin mutlaka cezalandırılmasını istiyordu.

"Bunun üzerine, halkın bu isteğini yerine getirmek için katliama birinci derecede sebep olan ihbarcı muhtarı cezalandırmaya bizzat kendim karar verdim.

"Mayıs ayı ortalarında halk bizlere, ihbarcının bölgede otorite kurmaya çalıştığını, kiralık adamlar bulmaya heveslendiğini ve yeni yeni kirli oyunlar çevirdiğini haber verdi.

"Buna göre ihbarcı muhtar:

1. İnancı için değil, sırf para almak için üç devrimcinin öldürülmesinde birinci derecede sorumlu idi.

2. Özel kini olan köylülerden intikam almak için onları devrimcilerle ilişki kuruyor diye gerçek dışı beyanlarda bulunmak sureti ile ihbar etmek yoluna sapmıştı.

3. Kahvelerde, meydanlarda, devrime ve devrim şehitlerine açıkça küfrediyor; bu konuda kendisini ikaz eden köylüleri ise ihbar etmek tehdidi ile korkutuyordu..."

İbo, Muhtar Mustafa Mordeniz'i saydığı bu nedenlerden ötürü "cezalandırdıklarını" söylemiş ve olayı bölge halkına aynı şekilde açıkladıklarını anlatmıştı.

İbo bir süre Tunceli bölgesinde, Haydaran yaylalarında kaldı. Yoldaşlarıyla eğitim çalışması yaptı. Geliştirdiği yeni görüşlerini anlattı. Tartıştı. Onların eleştirilerini dinledi. Notlar aldı.

Aynı günlerde İbo ve arkadaşlarının bu bölgede olduğunu öğrenen güvenlik kuvvetleri, Üsteğmen Fehmi Altınbilek yönetiminde köy köy, dağ taş, onları arıyordu. Her yer basılıyor, en ufak işkillenmede, her türlü yöntemle sorgulama yapılıyordu. Bu arada köylere yapılan baskınlarda "şüpheli" olarak birçok insan yakalanıp götürülmüştü.

Ailesinden birinin Dersim isyanında "isyancılar tarafından öldürüldüğünü" söyleyen Üsteğmen Fehmi, özellikle bu bölge halkına hiç de hoş duygular beslemiyordu. Uyguladığı yöntemler nedeniyle bölgede kısa zamanda "meşhur" olmuştu. Adı "İnsan avı"nı çağrıştırıyordu bölgede.

Devrimcilerle ilgili bir iz bulundu mu, iz üstündeki evler hallaç pamuğu gibi atılıyor, karakollar insanla dolup boşalıyordu.

31

... Bizi uyandıran
Tek ışık
Dünyanın ışığıydı bu!
Evlerine girdim,
Yemek yiyorlardı sofralarında;
Çalışmadan dönmüşlerdi,
Gülümsüyor ya da ağlaşıyorlardı.
Ve de tümü birbirine benziyordu.
Gözlerini ışığa çeviriyor
Yollarını arıyorlardı...

Neruda

Üsteğmen Fehmi ve yönetimindeki 260 kadar komando, Tunceli bölgesinde alınan nefesin bile üstüne yürüyor, bir gülüşün, bir dostluğun, bir haberin, bir konuğun, bir mektubun... hesabını soruyordu.

Tunceli sokaklarının duvarlarına "Başbuğ", "Kahrolsun komünistler" gibi yazılar yazdırılmış, karakollarda dayak, falaka, her türlü işkence almış başını yürümüştü.

Yüzlerce köylü sorguya çekilmişti ve çekilmekteydi.

İbo bir grup arkadaşıyla birlikte bu bölgedeydi. Yoksul halkın "el-aman" dediği birkaç ağaya "tehdit eylemleri" düzenlemişlerdi. Bu eylemler yoksul köylülerce hemen duyuluyor ve kulaktan kulağa yaygınlaşıyordu. Gıyaplarında bir sevgi dalgası oluşmuştu.

Bir ara Üsteğmen Fehmi'in lojmanına da bir "ihtar bombası" atıldığı söylendi.

Tunceli bölgesinde arama güçleri takviye edildi. Baskılar daha geniş bir alana ve daha derinlere doğru yoğunlaştı.

İbo bir ara İstanbul'a döndü. Sonra Malatya'ya uğrayıp tekrar Tunceli bölgesine geldi. Burada Düzgün Dağları'na geçti. Oradaki arkadaşlarına çeşitli yayın, bilgi, kroki ve teçhizat getirdi. Arkadaşlarından daha aktif olmalarını istedi. Bir süre genel sorunlar üzerine tartıştılar. İbo onlara diğer bölgelerden haberler verdi.

Aylardır dolaşması nedeniyle, Anadolu'nun önemli bir kesimini, ırmak boylarından, dağ kıvrımlarına kadar, korulardan köylere kadar, su başlarından, uçurumlara kadar, karış karış avcunun içi gibi biliyordu.

İbo'nun aradığı bir yeri bulmada üstün bir ustalığı vardı. Adres tarif ederken, bir ressam kadar titiz davranıyordu. İbo'dan adres dinleyen biri en kestirme yoldan, en emin bir biçimde aradığı yeri bulabiliyordu. Kendisi bir yer arayacak olsa, aradığı yeri bulmadaki ustalığı, hedefini şaşırmaz cinstendi.

Bir gün aradığı bir grup arkadaşını yerleşme bölgesi olarak bulmuş fakat konaklama noktası olarak saptayamamıştı. Onların olabileceğini sandığı bir köye gelmiş, kısa bir yarenlikten sonra, güven duyulan köylülere arkadaşlarını sormuştu. Köylüler kendisini yanıtlamadılar. Kimseyi tanımadıklarını söylediler. Fakat İbo sezgilerinden geri dönmedi. Köylülere, "beni bağlayın, gidip onlara haber verin, eğer tanımazlarsa beni öldürürsünüz," dedi. Bu arada köylülerden biri çevrede, bir mağarada saklanmakta olan gençlere haber vermişti. Onlar kendilerini arayan kişinin İbo olduğunu hemen anlamışlardı.

İbo'nun arkadaşlarıyla buluşması köylüleri de sevindirmiş; İbo ise köylüleri "tanımadıkları bir insana sır vermeyişlerinden ötürü" uzun uzun övmüş, onlarla hemen sıcak bir dostluk kurmuştu.

Dolaştığı köylerde özellikle çocuklarla ilgileniyor, arkadaş oluyor, şakalaşıp oynuyordu. Çocuklar da İbo'ya hemen alışıyor, o giderken "Ez ji devrimcime" (Ben de devrimciyim) diye bağırıyorlar, İbo'nun peşine takılıyorlardı.

İbo, "Türkiye'nin geleceği çelikten yoğruluyor; belki biz olmayacağız ama bu çelik aldığı suyu unutmayacak..." diyordu.

Köylülerin her türlü işine koşuyor, kaldığı köylerde mutlaka üretime katılıyordu. Özellikle tırpan biçmede eli bu işe çok yatkın ve ustaydı. Oysa bu bölgede tırpan pek fazla bilinmiyordu. Bu dağlık bölgelerde köylüler ekini genellikle orakla biçiyorlardı. İbo bu bölge köylerinde tırpan kullanırken, onun öyle seri ve yorulmak bilmez çalışmasını köylüler hayranlıkla seyrediyorlardı.

Yine köylerden birinde bu bölge köylülerince hiç bilinmeyen bir alet yapmıştı. "Ayakçak" denilen ve otlardan yaptığı bu aleti ayağına takıyor, koca bir kucak buğday birikene kadar ayağında götürüyor, deste olunca bırakıyordu. Köylüler İbo'nun bu buluşunu hayret ve sevinçle karşılamışlar, onunla şakalaşıp kucaklaşmışlar ve herbiri kendisi için Orta Anadolu köylerinin özelliği olan bu "ayakçak"tan yapmaya koyulmuşlardı.

Yine bir köyde, böyle uzun ve yorucu bir çalışma sonrasında, yoksul bir evde yemeğe oturmuşlardı. Arkadaşları ve İbo uzun zamandır kuru şeyler yemekteydiler. Şimdi sofraya sıcak ve sulu yiyecekler gelmiş, iştahları daha da açılmıştı. Yemeğe başlayacakları bir sıra İbo arkadaşlarına eğilerek onları uyarmış ve "bu yoksul evlerde genellikle ne yapılmışsa hepsi sofraya gelir; sakın yiyip bitirmeyin; çünkü artanını kendileri yiyecekler; biz hepsini bitirirsek, bir de fazladan olarak, bizi doyuramadıklarını düşünüp üzülürler..." demişti. Arkadaşları da önlerindeki yemeğin bir kısmını bırakmışlardı.

Tıpkı bu sofrada görüldüğü gibi, İbo'nun bütün davranışları, halkın duygu ve düşünceleriyle uyum içindeydi. Bu bütünlük aynı zamanda arkadaşlarına karşı, günlük yaşantının her biriminde eğitim niteliği de taşıyordu.

İbo köyden köye dolaştığı bugünlerde güvenlik kuvvetleri de baskıyı yoğunlaştıra yoğunlaştıra, onun çevresindeki çemberi iyice daraltıyordu.

O güne kadar Üsteğmen Fehmi'nin sürdüğü izlerin hiçbiri, sonuç vermemişti. Halk İbo ve Ali Haydar'ı yoksul giysileri altında suyuyla, ekmeğiyle gizliyordu.

Onları arayanlar bu kez yeni bir yönteme başvurdular: Sivil giyimli ve kendi ölçüleri içinde "devrimci görünümlü!" birtakım kişiler, akşam basınca köylere gelip yoksul evlerin kapısını çalıp "açın kapıyı, biz devrimciyiz, bir gece konaklayıp gideceğiz" diyorlardı. Sonra köylüleri kapılarına gelen bu "kişilere" gösterdikleri yakınlık oranlarına göre ayıklıyorlardı. Kime ne zaman ne olacağı pek belli değildi.

13 Ocak 1973 günü İbo ve arkadaşlarının Nazimiye, Bostanlar köyünde olduğu ihbarı üzerine hareket eden güvenlik kuvvetlerinin "operasyonu" ile ilgili olarak Üsteğmen Fehmi şöyle diyordu raporunda:

```
Derhal bir takip ekibi kurarak kendi komutamda yo-
la çıktık. Ekibe ayrıca emniyetten de bir görevli al-
mıştık. Bize verilen haberde belirtilen yere geldi-
ğimizde bir dikkatsizlik eseri olarak, polisin pat-
lattığı silah sesi baskınımızı tesirsiz hale getir-
di. Bir şey yapamadan döndük...(TKP-ML Dava Dosyası)
```

Aslında bir şeyler yapmışlardı. Olaydan sonra kulaktan kulağa Nazimiye'nin Bostanlar köyünde olanlar anlatıyordu. "Emniyetten görevli" bir sivil, köyün yoksullarından Süleyman Nakış'ın evinin kapısını çalmış, "Açın ben devrimciyim, sokakta kaldım," demişti. Ve daha sonra ev kuşatılmıştı. Ve Üsteğmen Fehmi'nin sözünü ettiği "dikkatsizlik" patlak vermişti:

Yoksul bir köylü olan Süleyman Nakış kurşunla belinden ağır şekilde yaralanmış; Süleyman Nakış'ın dört yaşındaki kızının, kurşun kulağının altından girip gözüyle birlikte yüzünden çıkmıştı. Yoksul bir köylü olan Süleyman Nakış'ın neye uğradığını şaşıran karısı; korkudan kaçtığı dağda donarak ölmenin eşiğinden geçmişti. Sıkıyönetim, bu bölgede kanunen var mıydı? Bunu düşünmek bile kimsenin haddine değildi. Kanunlara bakılırsa bu bölgede sıkıyönetim yok, uygulamalara bakılırsa çifte sıkıyönetim vardı. Üstelik baskılar gün be gün daha da yoğunlaşıyordu. Baskılardan yörede sadece ağalar kârlı çıkıyordu. Yoksul köylünün kırımına kırım ekleniyordu. Sadece devrimciler değil, şu ya da bu şekilde devrimcilere yakınlık duyanlar ve hatta baskılar karşısında yüzünü ekşitenler bile akılalmaz yöntemlerle alınıp götürülüyorlardı.

İbo Aralık ayı ortalarında Tunceli'den geçerek geldiği Düzgün Dağları'nda, bu bölgedeki arkadaşlarıyla buluşmuş, birçok sorun üstünde uzun uzun konuşmuştu. Bölgedeki arkadaşlarının raporları üstüne birçok kararlar almışlardı. Bunlardan birisi ve öncelikli olanı, "Tunceli'de yoksul halka yapılan baskı ve zulmün teşhir edilmesi"ydi. İbo arkadaşlarına, "Daha aktif ve dinamik olmalıyız, halka yapılan baskıyı bütün gücümüzle göğüslemeliyiz; belki gücümüz az ve biz de kırılacağız fakat devrimciler halkın inleyişleri karşısında sessiz duramaz," diyordu.

Tunceli'deki uygulamaların boyutu, sıkıyönetim altındaki bölgeleri de geride bırakan cinstendi. İşkence ve dayak halkın günlük yaşantısının bir parçası olmuştu. Öyle ki bir ara, bir tutuklu kendisine yapılan ağır işkencelerin gövdesindeki izleriyle sağlık kuruluna başvurmuş ve zulmü bir raporla belgelemişti. Savcılığın Tunceli Emniyet Müdürü Salih Suphi Savdır ve Jandarma Teğmeni Fehmi Altınbilek hakkında soruşturma açtığı söyleniyordu.

Halkın üzerinde yoğunlaşan baskı ve terör, sıkıyönetimin

36

sansür zırhlarına karşın başkente kadar sızıntı vermiş ve Meclis'te sözü edilmişti.

Temmuz 1973'te Tunceli Milletvekili Hüseyin Yenipazar, Meclis'te yaptığı bir konuşmada, Emniyet Müdürü ve Jandarma Teğmeninin bu bölgeden alınmasını istemiş, "Bu iki şahsın haklarında kanuni tahkikat yapılsın, bizzat keyfî tutum içindeler," demişti.

Tunceli'yi âdeta komandolar kuşatmıştı. Belden yukarıları soyunuk olarak sokaklarda "Komando dağları sardı, haller yamandır" diye nakaratlı bir türkü eşliğinde koşuyor, eğitim yapıyorlardı.

Halkın üstünde tam anlamıyla terör havası estiriliyordu.

İbo'nun "baskıları teşhir" isteğini Ali Haydar Yıldız gönüllü olarak yüklenmiş ve 2 Ocak'ta geceyarısı dağdan Tunceli'ye inmiş, karakol ve lojmanı bombalamıştı...

Sonra Düzgün Dağları'nın yamaçlarından yukarılara doğru izlerini kaybettirdiler. Bir süre bu dağda gizlendikten sonra İbo, Ali Haydar ve Hüseyin, Nazimiye'ye, Süleyman ve Muzaffer, Haydaran köylerine çekildiler.

Dağılırken, buluşma noktası olarak Vartinik, Mirik mezralarındaki Köm'ü saptamışlardı.

Gerektiğinde bu Köm'de buluşacaklardı...

... Ölüm buyruğunu uyguladılar
Mavi dağ dumanını
Ve uyur uyanık seher yelini
Kanlara buladılar.
Sonra oracıkta tüfek çattılar
koynumuzu usul usul yoklayıp
Aradılar,
Didik didik ettiler...

Ahmed Arif

Süleyman ve Muzaffer on-on beş gün köylerde kaldıktan sonra, yanlarına bolca un ve çökelek alıp Vartinik'teki Köm'e geldiler.

İbo ile Ali Haydar, Karakoçan köylerindeydiler. Bölgede köylülerle konuşuyor, onların sorunlarını dinliyor, yaşanan hayatın siyasi özünü, sorunların altında yatan gerçekleri, onların anlattıkları olaylara göre açıklıyorlardı.

Köylüler bu iki gence dert yanmışlar, bölgedeki bir çavuşun kendilerine olmadık işkence ve eziyet yaptığını söylemişlerdi.

"Yaşlıların bıyığını yoluyor, ortalığı talan ediyor, rüşvet vermeyeni dövüyor, geline, kıza sarkıntılık ediyor..." diyorlardı.

38

Yoksul köylüler dağlardan gelen bu iki gençten umut dilemişlerdi.

Ali Haydar ve İbo köylüye "elaman" dedirten bu çavuşu bir "ihtar bombasıyla" korkuttular. Çavuş sindi, köylüler soluklandı. İbo dört-beş gün sonra Ali Haydar ve Hüseyin'le Vartinik'teki Köm'e geldi.

Saatler ötedeki bir yoldan, buzlu dağları aşıp gelişleri Muzaffer ve Süleyman'ı şaşırtmıştı.

İbo akılalmaz güç isteyen işlerin altından kalkışıyla, böyle sık sık şaşırtıyordu yoldaşlarını.

O günleri öyle geçti. Birlikte bir süre Köm'de gizlenmeye karar verdiler. Hem gizlenecek, hem de çeşitli konular üstünde, çalışma raporları ve yeni durumlarla ilgili olarak düşünecek, tartışacak, kararlar alacaklardı.

Ertesi gün Süleyman ve Ali Haydar ekmek ve yiyecek edinmek için Köm'den ayrıldılar. Akşama döneceklerdi. Gün geçti, akşam oldu. Karanlık basmış vakit ilerlemişti.

İbo, Muzaffer ve Hüseyin nöbeti ikişer saatle düzenleyip uykuya çekildiler.

İlk nöbet İbo'nundu. Sonra Muzaffer nöbete kalktı. O da nöbetini doldurduktan sonra, nöbeti Hüseyin devraldı...

Yolların alabildiğine karlı ve geçilmez oluşu, Ali Haydar ve Süleyman'ın dönüşünü geciktirmişti. Ancak sabaha doğru Köm'e vardılar. Az uzağından parolayı çaldılar. Köm'den hiç ses çıkmadı. Ali Haydar parolayı tekrarladı. Yine karşılık alamadı. Parolalarına karşıdan parola çalınmayışı Ali Haydar ve Süleyman'ı işkillendirmişti. Çevreyi süzmeye koyuldular. Uzaktan jandarmaları gördüler. Köm kuşatılıyordu.

Karanlık daha çözülmemiş, gün geceden sıyrılmamıştı, hava sisliydi. 1973'ün Ocak ayının 24. sabahıydı.

Ali Haydar ve Süleyman Köm'e doğru fırladılar. Ali Haydar Köm'e daldı. İçeri girdi. Arkadaşları uyuyordu. Ali Haydar'ın sesiyle birlikte uyandılar.

Ali Haydar uyku dalgınlığının onları aksatabileceğini düşünerek ilkin onların dışarı fırlamalarını bekledi. En son kendisi dışarı fırladı.

Güvenlik kuvvetleri ateşe başlamıştı. Ali Haydar'da elindeki bombayı kuşatmadan yana fırlatıp ateş açtı. Seti aşıp, sıyrılıp gitmeyi tasarlıyordu. Sindi ve fırladı, tam seti aşarken ateşe tutuldu. Havada sızlandı. Gerilip düştü... Kuşatma yarım daire halindeydi. Üsteğmen Fehmi kumanda ediyordu. Köm'ü Ovacık kesiminden sarmışlardı.

İbo ve arkadaşları bir anda ateş altından dağıldılar. İbo eğiliyor, kalkıyor, ateşten sıyrılıp uzaklaşmaya çabalıyordu. Fakat ayağı kayıp düştü. Dizi buza değmeden, canına kurşun saplandı. Doğrulmayıp çöktü. Elinde kırması vardı.

Başından aldığı yara bütün gücünü sağıp çekerken, İbo'nun aklı cebindeki adreslere gitti. Son bir çabayla, gözleri kararmadan, cebindeki adresleri alıp, ağzına boğazına doğru iteledi... Ve gözleri buğulandı... Kendinden geçti.

Muzaffer, Süleyman ve Hüseyin kuşatmanın boş yanından alacakaranlığın içine dalıp sisle örtündüler.

Köm'den ses kesilince jandarmalar bir anda Köm'e doluştular. İki kişi vurulmuştu. Köm'ü ihbar eden Hüseyin Güngör'ün elinde bir kırma vardı. İbo'nun yattığı yere doğru bir el ateş etti kırk-elli civarında saçma İbo'nun boynuna, başına saplandı.

Jandarmalar Ali Haydar'ın ve İbo'nun ceplerini aradılar, kimliklerini aldılar. Sonra vurulanları bırakıp, karlı dağlara doğru kaçanların ardına düştüler.

Muzaffer bir süre uzaklaştıktan sonra ilerdeki bir sarp yerden aşağı bıraktı kendini. Ve dipteki dereye indi. Buzlar içine gömüldü. Yukarıdan bir süre tarayıp bomba yağdırdılar, fakat inemediler.

Muzaffer bir buçuk saat öylece orada kaldı. Sonra çıkıp bir başka yönden dağa vurdu. İki gece dağlarda kaldı. Mazgirt köylerine geçti. İki aya yakın buralarda gizlendi. Mart ayına doğru İstanbul'a geldi. Ve tekrar Malatya'ya döndü. Malatya'da aradığı arkadaşlarının da yakalanmış olduğunu öğrendi. Ayrılıp İstanbul'a geldi.

Süleyman, Vartinik'te ateş altından yata çıka sıyrılıp dağlarda izini kaybettirmiş, Tunceli'ye inmişti. Bir süre burada saklandı ve İstanbul'a geçti...

İbo vurulup düşmüştü fakat kalbinin çarpıntısı durmamıştı. Aldığı onca yara yetmemişti onu durdurmaya, yüzükoyun içine gömüldüğü kar, habire kırmızılaşıyor, ağır ağır kanını sağıyordu.

Yine de bir süre sonra kendine geldi. Dizleri dirsekleri üstüne doğrulup, başını avuçları içine aldı. Yaralarını yokladı.

Kalktığında boynunun her yanından kan sızıyordu. Delikdeşik edilmişti. Onlarca saçma boynunda yuvalanmıştı. Kafasından kurşun yarası almıştı. Adres yazılı kâğıtlar hâlâ ağzındaydı. Onları çıkartıp soluğunu rahatlattı. Çevresine bakınıyor kendine gelmeye çabalıyordu.

İlerde karlar içinde upuzun yatan Ali Haydar'ı gördü. Yanına vardı. Üstüne kapandı. Gücü dizlerinden bir kez daha çekildi. Onu kaldıramadı. Bıraktı kendini Ali Haydar'ın üstüne. Bir şeyler mırıldandı. İntikam andı içti. Ve karlara bata çıka, sendeleyerek Köm'den uzaklaştı.

Birkaç saat gittikten sonra, bir kuytuya sindi.

Barıkbaşı mezrasındaydı. Kanları buz tutmuştu. Boynundan ılık ılık sızan kan, yara başlarında karlaşmıştı. Yaralarına değdikçe, yakıcı bir duygu bırakıyordu. Kendi kanı sertleşmiş kendi canını sancıtıyordu. Giysileri altında, boynundan göğsüne ve sırtına doğru kan yolları uzanıyordu.

Ali Haydar'ın orada öyle yatıp kalışının acısını bir türlü içine sindiremiyordu. Haydaran bölgesinin bu yiğit evladı, bu yiğit yoldaşı, yaralı mıydı, yaşıyor muydu hâlâ? Yoksa kurşunlar can noktasını bulmuş da onu hayattan koparmış mıydı?

İbo sindiği yerde acılanıyor, aklına Ali Haydar'ın, onu bırakıp ayrılırken gördüğü yarı aralık gözleri düşüyordu. Vurulduğu yerde, sabahın keskin ayazıyla donuveren kirpikleri düşüyordu aklına.

"Beni de götür" diyordu sanki. Böyle düşündükçe İbo, güçsüz kalışına kahrediyor, durduğu yerde sabırsızlanıyordu.

Ali Haydar artık onların elindeydi şimdi. İbo yapacak hiçbir şeyi olmayışını bir türlü hazmedemiyor, yoldaşının yüzünü aklından silemiyordu. Onu alnından aşağı süzülen kanla bırakmıştı. Kanlı saçları kızıl bir kakül görünümündeydi. Kıvrım kıvrım olmuş ve şakaklarına yapışıp donmuştu. Bir eli yumruk sıkılı, dirseği bükük, bir kolu omuz başına kadar kar içine gömülü; öyle sessizce uzanıp kalmıştı orada.

Sonra Muzaffer'i, Süleyman'ı düşünüyordu İbo. Kaçabilmişler miydi? Yoksa delik deşik, bırakıp gitmişler miydi dünyayı?

Birkaç saat önce, üşümemek için yan yana uyudukları yoldaşlarının her biri bir yerdeydi şimdi; kurdun kuşun arasında; namlu önünde, dağ gerisinde...

İbo sabahın ayazı altında sinmiş, düşünüyor; için için yüreğini dinliyordu. Gök açılmış, beyaz yamaçlar ufka kadar uzaklaşmıştı.

Ali Haydar'ın sesi çınlıyordu kulaklarında. Sanki onu görecekmiş gibi bakınıyor, yine içine, yüreğine dönüyordu.

... Vurulmuşum
Dağların kuytuluk bir boğazında
Vakitlerden bir sabah namazında
Yatarım
Kanlı, upuzun...
Vurulmuşum
Düşüm, gecelerden kara
Bir hayra yoranım çıkmaz
Canım alırlar ecelsiz
Sığdıramam kitaplara
Şifre buyurmuş bir paşa
Vurulmuşum hiç sorgusuz, yargısız...

Ahmed Arif

İbo'nun gerek hayatında gerekse siyasi çalışmalarında Ali Haydar'ın önemli bir yeri vardı. Ali Haydar, İbo için, halkın bir yoldaş olarak simgeleşmesiydi. Ali Haydar'ın her bir özelliği altında Anadolu insanının görüntüsü yatıyordu. Sanki bir halkın hayatı bir insan olarak şekillenmişti. Ali Haydar bu niteliğiyle İbo'ya, halkının kılavuzu olmuştu. Çok şey öğrenmişti ondan. Geceler boyu çocukluğunu, gençliğini, yaşadığı bölgelerdeki halkın çilelerini, İbo ondan uzun uzun dinlemişti.

43

Ali Haydar'ın babası Tunceli'nin Ruşnik köyünden yoksul bir halk adamıydı. Çocukluğundan beri yetim büyümüş ve daha sonra Tunceli'nin Mazgirt ilçesine bağlı Rıçik (Geçitveren) köyünde oturan Molla Yusuf'un (Erdoğanlar) yanına sığınmıştı. Onun nüfusuna yazılmış ve hayatını orada sürdürmek zorunda kalmıştı.

Molla Yusuf'un, Palu'nun Ertuhan köyünü almasından sonra, onunla birlikte aynı köye gelmişti.

Bir yandan Molla Yusuf'un yanında çalışıyor, bir yandan zaman zaman, Devlet Demir Yolları'nda suculuk ya da "ara işleri" yapıyordu. Ve ancak böylece hayatını sürdürebiliyordu.

1938 "Dersim İsyanı" günlerinde, akraba ve yakınlarının büyük çoğunluğu can vermişti. Yüzlerce olaya tanık olmuştu o günlerde. Yakınlarını süngü ucunda, makine ağzında, Munzur Suyu'nda cansız yüzerken görmüştü. Kendisi de nice acıdan can sıyırmıştı.

"Dersim İsyanı"ndan iki yıl sonra askere alınmış, üç yıllık askerliği sonunda Nazimiye'nin Kıl köyünden gelme, Güzel ile evlenmişti.

Ali Haydar işte bu aileden dördüncü çocuk olarak, Palu'nun Ertuhan köyünde dünyaya geldi.

Bir yaşına değdiği günlerdi ki, ailesi Elazığ'a göçtü. İlkokulu Elazığ'ın Hüsenik Köyü'nde tamamladı. Daha o yaşlarında hem yaşıtları, hem büyükleri arasında enerjisi ve zekâsıyla kendini gösterir olmuştu.

Ortaokul ve liseyi Elazığ'da okudu. Arkadaşları onu fedakâr oluşu, haksızlığı hazmedemeyişi, zayıfa arka çıkışı gibi erdemlerinden ötürü seviyor ve sayıyorlardı. Ali Haydar daha ortaokul sıralarında iken birçok roman okumuş, kendisi de gördüğü acıları anlatma yolları aramıştı. Okuduğu romanları hemen arkadaşlarına veriyor, heyecanını, öğrendiği bilgileri onlara üleşiyor; onların da aynı duyguları paylaştığını gördükçe seviniyordu. Yaşar Kemal'i, Fakir Baykurt'u birçok arkadaşına ilkin o tanıtmıştı.

Bu yaşlarında haksızlığa karşı duyduğu sezgisel tepkiler, lise sıralarında isyan duygusuyla birleşmişti. Netleşmiş siyasi bir görüşü yoktu fakat küçük çevresi içinde daha o günlerinde haksızlığa karşı birçok dövüş vermişti. 1969-1970 döneminde liseyi bitirdi ve İstanbul'a geldi. Kısa bir süre içinde devrimci gençlik arasına karıştı. Çocukluğundan beri, içinde taşıdığı duygular siyasi bir nitelik kazandı. İnancında ödünsüzlüğü, siyasi gelişmesini daha da hızlandırdı. Aynı öğrenim yılının şubat ayında, sivil polisler Laleli'de haksız bir suçlamayla onu yakalayıp götürdüler. Kırk sekiz saat işkence odalarında kaldı. Daha sonra tutuklandı ve bir aya yakın cezaevinde yattı.

Cezaevinden çıktıktan sonra İbo ile yakın arkadaşlık ilişkisi içinde olmuş ve onun mücadele arkadaşları arasına katılmıştı.

Zor işleri kendisi yüklenip, kolayını başkasına bırakması; sabrı, dinamikliği; vakte boşluk tanımayışı, sürekli okuyuşu; verilen her görevi kabullenişi, eleştirilmekten kaçınmayışı, ajitatörlüğü, fedakârlığı, halktan insanlarla kolayca ve doğal bir biçimde dost olabilişi, dövüşkenliği, sır tutuşu ile mücadele arkadaşlarına örnek oluyordu...

Köm'den kaçıp, karlı dağlarda sindiği yerde kesik kesik gelip gidiyordu İbo'nun aklına, bu can yoldaşının erdemleri. Ali Haydar'ın öyle vurulup kalışı, karlar içinde kan olup eriyip gidişi, sanki İbo'nun sağ omuzunu da kesip götürmüştü.

Bütün bu bölgeleri, bu yamaçları ona Ali Haydar gezdirmişti. Öyküsünü anlatmıştı Haydaran bölgesinin. Bu dağların...

1938'lerde Haydaran'a yapılan çıkartmaları; yedisinden yetmişine köylünün dağlara çekilişini; bu dağlarda yıllarca takırdayan silah seslerini; Denemen bölgesini; Lâç Deresi'nin içinde, su yerine kan akışını... İbo'ya anlatan can yoldaşları işte şimdi dağa, taşa karışmıştı.

Ali Haydar'ın acılarla işlene işlene gençleşmiş, derinleşmiş gövdesi, öyle kolayca bulunur cinsten değildi. Yaşlı köylülerin binbir kıvrımından, binbir acı sıyrılan öyküleriyle büyümüştü. Harçik Deresi'nde, Kıl Deresi'nde, Çukur Köyü'nde, Halis

Dağları'nda, Mazgirt'te halkın yaşanmış acılarını, yüreğinin öfkeli bir yerine gizlemişti. Zilan Deresi'nden, Ağrı Dağı'nın doruklarına kadar, kana bulanmış topraklarda büyümüştü... İşte şimdi acısı acılara ulanmış, upuzun yatıyordu orada.

Kaçanların ardına düşen komandolar bir süre sonra iz sürmeden vazgeçip, başlarında Üsteğmen Fehmi Altınbilek'le birlikte tekrar Köm'e döndüler. Baktılar ki vurulan iki, bire inmişti. Biri orada vurulduğu yerde kan içinde yatıyor; biri damla damla kan bırakıp, döne döne uzayıp giden dağlara karışmıştı. Bu sonuç onları şaşkına çevirdi. Üsteğmen Fehmi sinirli sinirli söylendi...

Bir süre çevreyi aradılar. Sonra Ali Haydar'ın başına geldiler. Onu bağlayıp Vartinik'ten Kutu Deresi'ne kadar sürükleyerek indirdiler. Harekâta katılan komando erlerinden biri Cumhuriyet Savcısına "cesedi bağlayarak, altına sopa koyup, kaydırarak Kutu Deresi Karakolu'na getirdiklerini" bildirdi. (Vartinik Dosyası, S. 93)

Başka söylentiler de vardı; Boğazına ip takılıp sürüklenirken Ali Haydar'ın içten içe inlediği; altındaki kar gibi eriyip gidişi nefesinin...

Ali Haydar Kutu Deresi Karakolu'na getirildiğinde donmuştu artık.

İbo sinip gizlendiği kuytuda iki gün iki gece aç susuz düşündü durdu. Köylere yanaşmıyordu.

Ayakları, elleri sızlamaya başlamış, donmaya yüztutmuştu. Sonunda bir köye inmeye karar verdi. Karlara bata çıka bir dağ köyüne sokuldu. Bölgede korkunç bir terör estirildiği için, bu yaralı ve bitkin insan köylüleri ürküttü. İbo köylülerin ürkmesi karşısında onlara "haklı olduklarını, terörün bir gün mutlaka yok olacağını" söyledi.

Gücü iyice tükenmişti, fakat köyde konaklayıp köylülere dert olmak istemedi. Köyün kıyısından son bir gayretle tekrar karlı dağlara vurdu. Birkaç saat daha yürüdü. Bir başka köye geldi. Uzaktan bir süre köyü gözleyip, sonra köye girdi.

Köylüler İbo'yu alıp sıcak bir yere götürdüler. Bir süre ısıttılar. Kimisi sobayı yakıyor, kimisi ona su getiriyor, yemek hazırlıyor, kimisi yaralarını sarıyordu.

Köylüler İbo'nun karnını doyurup ayakkabılarını değiştirdiler. Yaralarına merhem sürdüler. Yün çorap verdiler.

Sırayla gelip köylerine sığınan bu yaralı konuğa bakıyorlardı. Bir an önce kendine gelsin, dağlara dönsün istiyorlardı.

Daha sonra birkaç köylü İbo'yu alarak üç-dört saat uzaktaki bir mağaraya götürdüler. Yanına erzak koyup, helallaşıp ayrıldılar.

İbo iki gün kaldı bu mağarada. Kesici, kavurucu soğuk altında, ayaklarının sızısı gittikçe artıyor, canına saplanıyordu. Mağaranın her yanı buzlaşmıştı. İkinci günün sonunda mağaradan çıktı. Çevredeki bir başka köye indi. Geceydi. Karanlık çökmüş, sadece karlı dağ yamaçları karanlık altından gökyüzüne doğru bir ağartı olarak uzanıyordu. İbo aksaya aksaya bu ağartı arasından köye girdi.

Köylü bir süredir iyice amansızlaşan aramaların, baskınların korkusuyla sinmişti. İbo fazla üstelemedi. Onlardan bir istekte bulunmadı. Köyün dışına çekildi. Geceyi açıkta geçirdi.

Bu beşinci günüydü vuruluşunun. Yaralarındaki sancı artık iyice sivrilmiş, derinlerine kadar inmişti. Boynunu döndüremiyordu. Ayaklarındaki sızı, uyuşma duygusuna dönüşüyordu.

Köyün yakınında açıkta, kar üstünde, karanlık altında geçirdiği gecenin sabahında, ayazın aydınlıkla yırtılmasıyla birlikte yola düştü. Her ne pahasına olursa olsun gitmeye kararlıydı. Son zerresine kadar gücünü dizlerine yığacak, bölgeden sıyrılıp çıkacak, bir başka bölgedeki yoldaşlarını bulacak ve yaralarını iyileştirecekti.

Bir süre yürüdü. Sonra konaklayıp, nerede olduğunu, nereden çıkış yolu bulabileceğini düşündü. Tekrar yola koyuldu. Bir köye sokulup yol soracaktı.

Yakında görülen bir köye yöneldi. Karşısına çıkan bir köylüden yardım istedi. Gitmek istediği bölgenin yolunu sordu. Köylü İbo'yu alarak köye girdi. Onu bir eve götürdü. Köyün öğretmeni azılı bir gericiydi...

... Dövüşenler de var bu havalarda
El, ayak buz kesmiş, yürek cehennem
Ümit, öfkeli ve mahzun
Ümit, sapına kadar namuslu
Dağlara çekilmiş kar altındadır...

Ahmed Arif

Celâl adındaki bu azılı gerici ajan, İbo'yu piyango bileti gibi karşıladı.

İbo'nun yol sorduğu köylü, onu eve almış, gitmiş öğretmene haber vermişti. Öğretmen hemen eve koşmuş, köye gelen yaralıya bakmış ve odanın kapısını kilitlemişti.

İbo yorgun, bitkin canı içinden sayıklar gibi bir sesle "ihbar etmemelerini, devrimci olduğunu, gitmesi için bırakmalarını" söylemiş, fakat gücü kalmadığı için kaçmaya, karşı koymaya davranamamıştı...

Vartinik'teki Köm'den bir yaralının kaçtığı bütün çevre köylere duyurulmuştu. Çevredeki bütün gericiler ödül kazanma yarışındaydı. Ayrıca köylere ajanlar dağıtılmıştı. Kaçan yaralıyı bulana büyük ödüller verileceği söylentisi fısıldanıyordu kulaktan kulağa.

Bütün gericiler ve "ajanlar" dağda taşta bu "kana banılmış ekmeği" arıyorlardı.

Vartinik'teki "operasyon"da güvenlik kuvvetlerinin ateşine kumanda eden Üsteğmen Fehmi dört bir yana haber salmış, bütün gücüyle kaçan yaralının bulunmasına seferber olmuştu. Şöyle vermişti raporunu:

... Vurulan anarşistin Ali Haydar Yıldız olduğu tesbit edildi. Fakat benim asıl üzerinde durduğum, yaralı olarak kaçan anarşist oldu. Öldürdüğümüz anarşistin otopsisi ve bununla ilgili işlemin tamamlanmasından sonra yine birkaç ekip teşkil ederek aynı bölgede yoğun bir arama yaptık. Ben çevre mezralarda kalan, güvendiğim adamlarımı uyardım. Aynı zamanda Milli İstihbarat Teşkilâtı'nca bana verilen anarşist resimlerini, istihbarat teşkilatının adamı olan kimselere dağıttım. 29 Ocak sabahı benim başında bulunduğum tim, Gökçe Karakolu'nda iken, Mirik mezrasında oturan, bizim istihbaratın adamlarından Hüseyin Güngör geldi ve...

Ve Üsteğmen Fehmi sayısız güvenlik kuvvetiyle köyü kuşattı. Büyük bir iştahla odanın kapısına dayandı.

İbo odada yerde yatıyordu. Üsteğmen Fehmi "İbrahim Kaypakkaya'sın değil mi?" diye bağırarak dikildi karşısına. İbo ona yaralı gövdesinden bıçak gibi yükselen sesle, "Biliyorsan ne soruyorsun?" diye karşılık verdi.

Fehmi Altınbilek bu kez İbo'ya nasıl kaçtığını sordu. Onu elinden kaçırışını bir türlü hazmedemiyordu. İbo, "Sizin gibi faşistlerin elinden kurtulmak için nasıl kaçmak gerekiyorsa o şekilde canımı dişime takıp kaçtım," diye yanıtladı. (TKP- ML Dava Dosyası)

İbo'yu apar topar alıp bağladılar. Kutu Deresi'ne indirdiler. Mirik köyü ile Gökçe arasından geçiyordu Kutu Deresi. Buzluydu suyu. Ve kıvrım kıvrım uzanıp gidiyordu.

Bir-bir buçuk saat İbo'yu dere boyunda yürüttüler. Yol birkaç kez dereden geçti. Buzlu su içinde İbo'nun zaten sancıyan ayakları iyice keçeleşti. İyice buzlaştı. Gücü iyice yitti.

Sonra İbo'yu bir cipin arkasına bağladılar.

Ve İbo'yu yakalayanlardan komando eri Mehmet Demir, ifadesinde, İbo'yu "Mirik mezrasından Gökçe Karakolu'na kadar yayan getirdiklerini" söyledi.

İbo'nun ilk ifadesi yakalanıp getirildiği Gökçe Karakolu'nda alındı. Islak ve kanlı giysileri içinde; yaralı yorgun, uykusuz ve açtı. Fakat başını eğmiyordu. Kendini yakalayanların, karakola getirenlerin, karakoldakilerin, sağa sola koşuşmalarını telaşlı davranışlarını, bitkin fakat uzlaşmayan bakışlarla izliyordu. Sonra ifadesi alınacağı söylendi. İfade yerine getirildi. Bir an önce konuşturmak, her şeyi kağıda dökmek istiyorlardı. Bir sürü soru yönelttiler İbo'ya. İbo onların soru yağmurlarını kısa kısa yanıtladı. Ama bu yanıtlar onların istediği yanıtlar değildi. Tekrar sordular. İbo yine aynı şeyleri tekrarladı. Sonunda söylediklerini anladıkları kadarıyla ve kendi üsluplarıyla şöyle kâğıda geçirdiler:

...Ben devrimciyim, biz devrimci olarak siyasi konularda hiçbir şeyi prensip olarak gizlemeyiz ve fikirlerimizi açıkça söyleriz. Ancak örgütsel faaliyetlerimizi ve örgüt içerisindeki bize inanan arkadaşlarımızı ve örgüt içerisinde olmayıp da bize yardımcı olan şahıs ve grupları açığa vurmaktan katiyyen kaçınırız, ve söylemeyiz, bu sebeple örgütsel faaliyetlerim hakkında hiçbir şey açıklayamam. Ve zaten herhangi bir örgüte mensup olmadığım gibi açıklanacak örgütsel bir faaliyetim de yoktur. Biz devrimciler yoksul halkı büyük burjuvazi, işbirlikçi emperyalistler ve büyük toprak ağalarının sömürüsünden, işçi, yoksul köylü, orta köylü, küçük esnaf ve sanatkârları ve milli burjuvazinin devrimci kanadini bu sömürü ve tahakkümden kurtarmak istiyoruz, ben bu sebeple buralara kadar geldim. Biz devrimciler birinci derecede işçi sınıfına güveniriz. İkinci derecede yoksul köylülere ve sırası ile orta köylü, küçük esnaf ve sanatkârlara güveniriz. Ben bu ideal ile bilhassa yoksul köylüleri bilinçlendirmek için buralara kadar geldim. Fakat muhitin tamamen yabancısı olduğum için kimse ile temas kurmadım, iki hafta kadar önce, jandarrmalarla müsaademeye tutuştuğumuz Gökçe Köyü'nün Vartinik mezrasına geldik Bu mezrada metruk bir eve yerleştik. Orada yiyeceklerimizi kimlerin getirdiğini bilmiyorum ve yanımdaki arkadaşları da tanımıyorum. Tanımış olsam dahi bunu yine de söylemem. Gayemiz yoksul köylü, orta köylü esnaf ve sanatkârları, halk düşmanları saydığımız toprak ağaları, büyük burjuvazi ve yabancılarla işbirliği yapmış emperyalistlerin elinden kurtarmaktır, bunun için de amacımız bu üç kuvveti eritip bütün üretim araçlarını toplumun malı yapmaktır. Bu hedefe ulaşmak için çeşitli yollar vardır. Bu, halkın tüm olarak bilinçlenmesi ve siyasal yolla iş başına, yani idare eden duruma gelmesi ile olabileceği gibi fikir yönünden bu hedefe ulaşmak mümkün olmayınca zor kullanma kaçınılmaz ve normaldir. Tarihte bunun çeşitli örnekleri vardır. Bize göre 1789 Fransız İhtilali bir burjuva ihtilalidir. 1917 ihtilalinde ise hem burjuvazi hem de işçilerin ihtilali vardır. Fakat 1917'de burjuvazi yok edilmiş, iktidar tamamen işçilerin eline geçmiştir. Bugünkü Türkiye'de bu felsefeye ve arzu edilen idareye meşru yollardan gelmemiz mümkün olmadığı ve bize hayat hakkı tanınmadığı için dağlara çıkmaya icbar edildik ve dolayısıyla silahlı mücadeleye itildik, bu silahlı mücadeleye girişmiş olmamız sebebiyle artık yukarıda hedef olarak saydığımız üç kuvvete karşı mücadele ve silahlı çatışmayı meşru kabul ediyoruz. Vartinik mezrasında ben müsademe esnasında uykuda idim, silah sesleri üzerine uyandım, dört arkadaş kaçmaya başladık, diğer arkadaşlarımın akıbeti hakkında malûmatım yoktur. Ve bende silah da yoktur, jandarmaya karşı bu sebeple ateş etmedim. Vartinik'teki evi terk ettiğim zaman, cebime bir parça ekmek bırakmıştım, bu ekmeyi yemek suretiyle ayın 24'ünden 29'una kadar dağda yaşayabildim, karların içerisinde yattım. Tanımadığım bir köye gittim ve orada yakalandım. Müsademe esnasında ensemden ve boynumdan yaralandım. Karlarda yatmam sebebiyle elim ve ayağım üşüdü, şişti. Yukarıda da söylediğim gibi yanımdaki arkadaşları tanımıyorum ve tanısam da söylemem. Bu evde iki hafta kadar kaldık. Ekmek ve yiyecekleri temin ediyorlardı, nereden geldiğini bilmiyorum. Diğer arkadaşlarımı da müsademe esnasında kaybettim, bir daha buluşamadık. İçerisinde yattığımız battaniyeleri de tanımadığım şahıslardan satın aldık. Ben örgütteki arkadaşlarımı tanımıyorum ve tanısam da söylemem, yukarıda söylediğim gibi gayemiz ve hedefimiz tüm üretim araçlarını toplumun malı yapmaktır, dedi, sorulan bazı suallere cevap vermemekte ısrar etti, kafasında üstü yırtık ve yamalı kahve renkli bir kasket, sırtında yerli bir askeri parka, altında ceket, kazak ve diğer elbiselerin bulunduğu, paçasında üst üste giyinmiş üç tane pantalonun, ayağında bir çift beyaz yünden yapılmış ve köylerde elle örülen çorap ve onun üzerinde naylon çorap, ayağında bir çift 45 numara çelik marka lastik ayakkabının bulunduğu müşahede edildi. Merkez Jandarma Birlik Komutanı Üsteğmen Fehmi Altınbilek'e meznunun fotoğrafının çekilerek banyosunu müteakip fotoğraf ve filmin memu-

52

riyetimize vermesi hususunda talimat verildi. Şimdilik ifadesi okundu imzası alındı. 29.1.1973 C. Savcı Yardımcısı 16381 Mehmet Seyhan.

(Maznun İbrahim Kaypakkaya)

Dar vakit yetiştin tatar ağası
Bir elimde kana batmış hamaylım
Bir elim derman eyler
Dostooo...
Buncasına kavga demezem
Kızanlar idman eyler
Hele sarılmasın dört bir yanımız
Tamam cümle dağlar mevzi almıştır
Ve yatmış pusuya patikalar

Salavat getirir dağ dağ taburlar
Narlı bahçe üzre kanlı bir akşam
Gelen elçi değil Azrail olsun
Anam avradım olsun kaçarsam...

Ahmed Arif

O gece saatlerce işkence edildi İbo'ya. Bir külçe halindeydi. Vartinik'teki çarpışmanın altıncı günüydü. Beş gecesi dağda taşta geçmiş, bu yakalandığı günü ise saatlerce buzlu yollarda yürümüş, getirilip sorguya çekilmişti. Sorgusundan sonra nezarete kilitlediler. Sonra "karakucak" dayak faslı başladı.

Onca bitkin olmasına karşın küfürlerle, tekmeler, yumruklarla üstüne yürümekten geri durmadılar.

Teslim olmasını istiyorlardı.

Öyle ellerinde, öyle bağlar altında olmasına karşın İbo teslim olmuyordu. Sorularına istedikleri yanıtı vermiyor, kâh susuyor, kâh dikleniyordu.

Kanayan yaralarından günlerdir bütün gücü dağa taşa akmıştı. İşte şimdi zincire vurulu olarak ellerindeydi. İbo'nun bakışları karşısında yine de onu ele geçirememişler gibi bir duyguya kapılıyor, öfkeleniyorlardı.

Bıraktıkları beton üzerinde yığıldı kaldı İbo. Donmuş ayaklarının sızısıyla 30 Ocak gecesini de Gökçe Karakolu'nda yaralı ve uykusuz olarak geçirdi.

Sabah Üsteğmen Fehmi "nezaretinde" Tunceli'ye getirildi. Bir gece de orada eğlendiler. Sonra Elazığ'a getirdiler.

Birçok işkence meraklısı, İbo'nun "namını" duyup kendini görme telaşındaki birçok kararmış bakışlı insan, birçok halk düşmanı onun Elazığ'a getirilişini bayram gibi karşıladı.

Sıra sıra gelip İbo'nun acıyan gövdesinde hınç giderdiler. Kimi tokat, kimi küfür, kimi odun, kimi zincir vurdu gidip gelip. İbo her birini yıkılmayan kelimelerler göğüsledi.

Donmuş ayakları, aç susuz midesi, yaralı boynu, dermansız kolları ve ezik ezik edilmiş omuzlarının kuşattığı gövdesi içinde ona sadece yorulmak bilmez vuruşlarıyla yüreği kalmıştı. Bir de uğrunda ölüm de olsa, geri dönmeyeceği, ödün vermeyeceği düşünceleri...

Sarışın saçları altında hiç kapanmadan duran yeşil gözlerine ürkerek bakıyordu işkenceciler. Göz göze gelmekten sakınıyorlardı onunla. Ve İbo'nun karşısında küçülüp, ezilişlerini bir türlü sindiremiyorlardı içlerine.

İbo bir gece de Elazığ'da geçirdikten sonra yine Üsteğmen Fehmi "nezaretinde" Diyarbakır'a getirildi.

Üsteğmen Fehmi bu "paha biçilmez avıyla" her gittiği yerde

55

büyük bir gururla dolaşıyordu. Diyarbakır'da İbo'yu Sıkıyönetim Savcısı Yaşar Değerli'ye teslim etti.

İbo'nun yolunu merakla bekleyenlerden birisi de Yaşar Değerli idi. Diyarbakır'da teslim aldığı İbo'yu Sıkıyönetim Komutanı Şükrü Olcay'ın odasına getirdiler. Çevresine toplanmışlar, sürekli olarak soru soruyorlar, bağırıyorlardı: "Aşur olduğunu, Hamza olduğunu, Haydar olduğunu, Musa olduğunu, Mustafa olduğunu... Söyle... Söyleteceğiz..." İbo hiçbir şey söylemeden onların bağrışmalarını dinliyordu. Aylardır birçok bölgede bu adlarla köyden köye namı yürüyen, bir türlü ele geçiremedikleri kişi işte şimdi karşılarındaydı.

Daha sonra İbo'yu bir zırhlı arabaya bindirdiler. Araba Diyarbakır Ziya Gökalp Caddesi'ndeki işkencehanenin önünde durdu. Sıkıyönetim Savcısı Yaşar Değerli onu hemen sorguya (!) alma yanlısıydı. Ancak bu halindeyken ondan ifade sökülebileceğini düşünüyordu. Fakat subaylardan biri İbo'nun durumunun ağır olduğunu, üstüne daha fazla gidilirse ölebileceğini söylüyordu. Savcıyla bir şeyler konuştu ve İbo'nun hastaneye yatırılmasına karar verildi. Ve İbo Diyarbakır Askerî Hastanesi'ne getirildi. Bir odaya sokup yatağa yatırdılar. Elleri ve ayaklarından yattığı karyolaya zincirlediler.

İbo 24 Ocak'tan bu yana ilk kez bir odada ve yataktaydı. Bütün adaleleri erimişti sanki. Kolları, bacakları, boynu koparılırcasına, derisi yüzülürcesine sancıyordu. Her yanı çürük içindeydi. Zincirlerinden ötürü yatağında dönemiyordu.

Sadece yemek geldiği zaman sağ elini çözüyorlardı. İbo'nun yatırıldığı odanın bitişiğinde Siverek İlkokulu öğretmenlerinden Fatma Erez adında bir başka tutuklu yatıyordu.

Fatma Erez, yanda önünden kuş uçurulmayan odadan İbo'nun sesini duyuyordu. Sık sık Savcı Yaşar Değerli'nin İbo'nun odasına gelip gidişini izliyordu. Fatma Erez bir keresinde Yaşar Değerli'nin İbo'ya, "Seni ben öldüreceğim, ölümün benim elimden olacak," diye bağırdığını; İbo'nun buna, "Ben senden ve senin büyüklerinden korkmuyorum, ölümden de korkmuyorum," diye karşılık verdiğini duymuştu.

O günlerde radyonun ölüm, kan, baskınlar ve tutuklamalarla dolu haberlerinden birinde "Tunceli'nin Mirik mezralarından Vartinik Köm'ünde Ali Haydar Yıldız'ın öldürülerek İbrahim Kaypakkaya'nın yaralı olarak ele geçirildiği" söylendi.

...

Otobüs 20 Mayıs sabahının serinliğinde çiğden ıslanmış asfalt üstünde kayarak Diyarbakır'a yaklaşıyordu. Şoför radyoyu açmıştı. Ali Kaypakkaya birden irkilerek uyandı. Radyo haberleri veriyordu. Otobüsün camlarından dışarıya baktı. Aydınlık sisi aralamış, mayısla dirilen toprağın yüzünü açmıştı.

Yolculardan bir-ikisi haberler üstüne konuşmaya başladılar.

Ali Kaypakkaya aylar öncesini anımsadı. Radyodan oğlunun yakalanma haberini aldığı günü.

Birden üstünde tavan dönmüş "eyvah" diye çökmüştü yere. "Keşke İbrahim'im de öleydi" diye mırıldanmıştı. Başındaki komşular, "Neden öyle söylüyorsun?" diye soruyor; Ali Kaypakkaya, "Şimdi onu on defa öldürecekler; sonu gelmez sorular soracaklar, onu bilirim, ağzı kilitlidir, söz ister canını alırlar İbrahim'in..." diye karşılık veriyordu.

Evindeki komşuları onu çeşitli sözlerle avutmaya çabalıyor, "Çıkmayan canda ümit vardır, dertlenme" diye çevresinde dolanıyorlardı.

Ali Kaypakkaya oğlunu biliyordu. Hatta bir defasında oğlu ona, bilmem Vietnamlı mı, Koreli mi nereli, bir yerin devrimcisinden bir anı anlatırken, adamın polise konuşmamak için, kendisini konuşamaz hale getirdiğini söylemişti.

Üstelik radyo yaralı olduğunu bildirmişti İbrahim'in. Bir kere söylemiş, bir daha söylememişti. Şimdi ilgisiz bir adam ilgisiz bir konuşma yapıyordu. Aynı haberi bir daha dinleyebilmek için Ali Kaypakkaya bir gözünü vermeye razıydı. Belki de şaşkınlıkla dinleyemediği bir-iki kelime daha kalmıştı.

Komşuları bütün çabalarına karşın onu yatıştıramadılar. Ali Kaypakkaya ertesi sabah hemen işyerine gidip izin istemişti. İzin vermediler. Son çare olarak viziteye yazıldı. Hastaneye giderken bir gazete almış, üç-beş satırla geçen haberi tekrar tekrar okumuştu. Hastaneye geldiğinde doktora her şeyi açık açık söyledi. Elindeki gazeteyi gösterdi. "İşte, dedi, benim çocuğum şu çocuk: Tunceli'de jandarmayla çarpışmış, arkadaşı öldürülmüş, kendisi yaralı; bunun için bir araştırma yapacağım; nasıl, nerede şimdi, ölü mü, sağ mı? Sizden bir hafta izin istiyorum..." Doktor bir ara sessiz sessiz düşündü, sonra bir haftalık izin kâğıdı yazdı.

Ali Kaypakkaya doktorun yanından ayrılıp doğru 28. Tümen Sıkıyönetim Komutanlığı'na geldi. Bir albayın karşısına çıkardılar. Albay, Ali Kaypakkaya'yı dinleyince gülmeye başladı. Sonra, "Böyle evladın peşine düşme, dedi. Bu kışta kıyamette nereye gideceksin? Böyle evlat olmaktansa, olmasın daha iyi..."

Ali Kaypakkaya hiçbir şey söylemeden oradan ayrıldı. Daha sıkıyönetimle bu ilk ilişkisinde birçok şeyi bir anda anlamıştı.

Kızılay'a çıkıp Büyük Postahane'ye girdi. Tunceli'ye telefon etmek istediğini bildirdi. Memurlar numara sordular. "İl Jandarma Komutanlığını aradığını" söyledi.

... Oldu oldu yiğidim oldu
Zel Dağı önünden yamaca çıkarsın
Kar yağmış kuşağa erişiyor

Oldu oldu Ali Haydar'ım oldu
Oldu oldu İbrahim'im oldu
Oldu oldu yiğidim oldu...

(Doğu'da söylenen Kürtçe bir ağıttan)

Telefon açıldığında, öbür yakada bir jandarma eri vardı. Ses anlaşılmaz kopukluklarla gidip geliyordu. Ali Kaypakkaya bağırarak, "İbrahim'in dün Tunceli'de yaralı olarak yakalandığını duydum. Ben babasıyım. Allahı, peygamberi seviyorsanız, sizin de ana babanız var; İbrahim şimdi nerede, yarası ağır mı, hafif mi?" diye sormuş; jandarma eri "Bir dakika amca," diye kesmiş, sonra başka bir jandarma eri karşısına çıkarak; İbrahim'in boynundan ve omuzundan yaralı olduğunu, ayaklarının donduğunu, Diyarbakır'a gönderildiğini söylemişti. Ali Kaypakkaya son olarak, "Gitmem gerekir mi?" diye sormuş, er, "Gidersen iyi olur..." diye yanıtlamıştı...

Ali Kaypakkaya hemen o gün Harput otobüslerine binerek, akşam saat 20'de yola çıkmıştı.

Diyarbakır'da garajda indi. Fakat şehri bilmiyordu. Bir süre sağa sola dolaştıktan sonra karşılaştığı bir polise, İbrahim'in babası olduğunu söylemiş, oğlunu nerede bulabileceğini sormuştu. Polis "sert bir çıkış" yaptıktan sonra, azarlayan bir sesle, "Minibüsler gider; Dağkapı'da inersin..." demişti.

Sonra, sora sora buldu hastaneyi.

Dışarda, girişte askerler nöbet tutuyordu. Ali Kaypakkaya içeri giren bir-iki kişinin arasına karışıp, içeri girmek istedi. Nöbetçi, herkese izin kâğıdını soruyordu. Ali Kaypakkaya'dan da izin kâğıdını soruyordu. Ali Kaypakkaya, olmadığını söylemiş, nöbetçi ise "Kimi göreceksin?" diye sormuştu. Oğlunun adını söyleyince nöbetçi er birden "Kıpırdama olduğun yerden!.." diye bağırarak silahını doğrulttu: "Durduğun yerden bir adım ileri geri oynarsan seni şerefsizim vururum..." diye bağırıyordu.

Ali Kaypakkaya erin bu tavrı karşısında, "Kardeşim dedi, beni dağdan tutup getirmedin; ben oğlumdan haber almaya geldim. Sağ mı, ölü mü? Nerede şimdi? Bunu öğrenmeye geldim. kaç desen de kaçmayacağım. Sen yine de istersen bana kurşun at..."

Nöbetçi dönüp baka baka kulübeye girdi. Eli ayağı titriyordu. Telefonla bir şeyler konuştu ve hemen çıkıp Ali Kaypakkaya'nın karşısına dikildi. Ali Kaypakkaya, "Müsterih ol, buradayım, hiç kıpırdamıyorum" gibi sözlerle nöbetçiyi yatıştırıyordu.

Çok geçmeden askerî bir araç geldi. İçinden iki er bir astsubay indiler. "Ne var?.." diye sordular. Nöbetçi, "İşte komutanım, anarşistin babası!.." diye işaret etti.

Astsubay, Ali Kaypakkaya'yı dinledikten sonra, "Biz görüştüremeyiz," dedi. "Savcılığa gideceksin, izin kâğıdı alacaksın. Yanına iki muhafız katacaklar. Sonra buraya geleceksin. Eğer aradığın şahıs buradaysa, o zaman biz de seni onunla görüştürürüz. Şimdi bize başkaca bir soru sorma..."

Ali Kaypakkaya hastahane önünden ayrılıp Sıkıyönetim Komutanlığı'na geldi. Nizamiye kapısında bir başçavuş denetiminde beş-altı er kar kürüyordu. Başçavuşa yanaşıp durumunu anlattı. Başçavuş, "Kardeşim gitmesen iyi olur dedi; seni sorguya çekerler, belki tevkif ederler. İşkence yersin..."

Ali Kaypakkaya, "Ölüme de götürseler razıyım, yeter ki sen savcıya gitmeme izin ver," dedi.

Astsubay askerlerden birini çağırıp, bir şeyler söyledi. Asker silahını aldı. Önde Ali Kaypakkaya, on metre kadar geride, silahı elinde asker, Nizamiye'den içeri girdiler.

Sonra bir salona geçtiler. Salonda uzun boylu, yapılı, sarışın, bir teğmen vardı. Ali Kaypakkaya derdini ona da anlattı.

Teğmen, Ali Kaypakkaya'nın önüne düşüp onu bir odaya soktu. Odaya girince "esas duruş" aldı. Odadaki masanın başında alçak boylu, kara, zayıf birisi oturuyor, önündeki defterin yapraklarını sağa sola karıştırıp duruyordu. Teğmeni görünce başını kaldırdı.

Teğmen, "Arkadaş sizden izin istemeye gelmiş" dedi. Adam "Ne izni?" diye sordu.

Ali Kaypakkaya derdini bir kez de ona anlatmaya başlamıştı ki, İbrahim adı geçer geçmez adam birden doğrulup, "O anarşistin babası, o eşkiyanın babası öyle mi..." diye bağırmaya başladı.

Ali Kaypakkaya, "Anarşist de olsa, eşkiya da olsa, babanın, ananın nelere katlanacağını bilirsiniz. Ben oğlumun durumunu öğreneyim yeter. Sağ mı, ölü mü? Bir göreyim. Sizden bunun için izin istiyorum..." diyorken, adam sözünü kesip, "Seni tevkif etmem gerekli, ifadeni almalıyım..." diye bağırmış. Ali Kaypakkaya yine acılı sesiyle, "Ne gerekiyorsa yapın, yeter ki bir kere sesini duyayım; telefonla siz konuşun, baban geldi deyin, telefonla siz konuşurken, ben geriden olsun dinleyeyim, sesini duyayım oğlumun, başka bir şey istemiyorum..." demişti.

Adam yine aynı ses tonuyla, "Böyle bir anarşiste, böyle bir eşkiyaya, bir gangster yardım yapamam!" diye bağırarak, teğmene işaret etmiş, teğmen de Ali Kaypakkaya'yı dışarıya çıkarmıştı.

Kendini oraya getiren askerle birlikte Nizamiye'den çıktılar. Kapıdaki başçavuşa teşekkür edip uzaklaştı.

Yolda bir-iki kişiyle konuştu. Halktan onun derdini dinleyenler sessizleşiyor, kederleniyor, yardım etmek istiyorlardı.

"Diyarbakır'a gelirken sağda cami var, solda askerî birlik; o caminin orada hücreler var, oğlun oradadır..." demişti konuştuklarından birisi.

Ali Kaypakkaya artık bu sözlerden umut kapısı arıyordu. Söylenen yere varıp, nöbet tutan bir ere durumunu anlattı: "Benim oğlum hücrelerdeymiş, buralarda bir yerdeymiş, sağ mı, ölü mü, durumu nasıl, bir haber verir misiniz?" diye sordu.

"Amca," dedi nöbetçi er, alçak sesle, "ben buradan şimdi nöbet yerimi terk eder de, hücrelerin kapısındaki nöbetçiye kadar gidersem, orada polis var, ifade alanlar var, benim sana yardım ettiğim görülürse, askerliğimi yakarlar; bunda hiç diretme..."

Ali Kaypakkaya oğlunu görebilme umudunu iyice yitirince şehirde avukat aramaya başladı.

Bir avukat bulup durumunu anlattı. Avukat onu dinledikten sonra, "On bin lira versen, ben yine de gidip oğlun hakkında bir soru soramam; sorgusu bitmemiş, dosyası çıkmamış..." demişti.

Ali Kaypakkaya başı öyle karmakarışık, içi bumbulanık dolanmaya başladı Diyarbakır'da.

"THA Güneydoğu İlleri Bürosu" diye bir tabela gördü. "Gazetedir, bir bilen çıkar" diye düşündü. İçeri girdi. Karşısına şişman birisi çıktı. Durumu dinledikten sonra, "Ne yapalım İbrahim'in babasıysan" diye çıkıştı. Ali Kaypakkaya, "Beyefendi dedi, ben sizi kötü yola sevk etmiyorum, sizden bugünkü duruma ve düzene aykırı hiçbir şey istemiyorum, sadece oğlum hakkında bir bilginiz var mı? Bunu rica ediyorum..."

Derken THA'daki şişman adam "insafa gelip" İbrahim'i iki gün önce gördüğünü söyledi.

"Oğlun sağ," dedi, "dün iki kişi daha ona yataklık suçundan getirdiler. Başkaca bir şey bilmiyorum, bize sıkıyönetim ne bilgi verirse onu yayınlayabiliyoruz, kendimizin araştırması yasak..."

Diyarbakır'ın sokakları bitmişti artık Ali Kaypakkaya'nın ayakları altında. Oğlunun 40-50 metre yakınına dek gelmiş, görememişti. Onu o taş duvarlar ardında koyup yüzlerce kilometre öteye dönüyordu. Adana üzerinden yola çıktı.

Yolda, Siverek'ten otobüse birkaç mahkûm bindirdiler. Bir yanda iki jandarma, bir yanda saçları tıraşlı iki mahkûm oturuyordu.

Jandarmalardan birisi Amasyalı çıktı. Ali Kaypakkaya Çorumlu olduğunu söyledi. Kısa cümlelerle birbirleriyle konuşuyorlardı. Derken jandarma Diyarbakır'a neden geldiğini sordu. "Oğlum tutuklu," dedi Ali Kaypakkaya. Adını sorup da söyleyince, jandarmalardan biri, "Demek o anarşistin babasısın," dedi. Amasyalı, "Onları kurşuna dizmek gerekli," diye söylenmeye başlamıştı ki, birden otobüsün içi karıştı. O âna kadar konuşmalara sessizce kulak veren yolculardan birkaç kişi kalktı. Amasyalı olana, "Sen kimin vekilliğini yaptığının farkında mısın?" falan diye bağırdılar. Birkaç yolcu araya girip onları yatıştırdı. Sonra otobüs yolcuları sırayla Ali Kaypakkaya'ya "Geçmiş olsun, üzülme amca, kavuşursunuz..." dediler. Ali Kaypakkaya yüreğinde oğlunun ağırlığı döndü geldi evine. Evde İbo'nun haberini duyup da köy yerinde gelip onu bekleyenler vardı...

... Anam gidiyor gidiyor
Gidiyor gidiyor İbrahim gidiyor
Hele gelin Vartinik Deresi'ne
Anam sistir dumandır...

(Haydaran bölgesinde söylenen Kürtçe bir ağıttan)

İbo o sıralar, babasının önüne kadar geldiği askerî hastanenin arka odaların birinde, ellerinden ayaklarından zincire vurulmuş olarak yattığı yatağında, kendine gelmeye çalışıyordu.

İlk elde başındaki kurşun yarası açılıp sarılmıştı; Vartinik'te vurulup düştüğü yerde, Köm'ün ihbarcısı tarafından üstüne sıkılan ve boynunun omzunun kırk-elli yerine saplanan saçmaların bir kısmı ameliyatla çıkarılmıştı.

Ayaklarından bir duygu alamıyordu. Sanki kendisinden bir parça değillerdi. Yitip gitmişlerdi sanki.

Savcı Yaşar Değerli, İbo'yu bir an önce hastaneden çıkarmak, sorguya almak istiyordu. Doktorlar, "yaraların çok ağır olduğunu" söyleyerek bir süre daha hastanede kalmasını istemiş, savcıyı uyarmışlardı. Bu nedenle Savcı Yaşar Değerli ilk günler yalnız "tespit tutanağı"yla yetinmek zorunda kalmıştı. Ve tutanağa şunları yazdırmıştı:

... İllegal kuruluşun baş yöneticilerinden olduğu ifade edilen ve delillere göre Hamza, Musa takma adlarıyla örgüt amacı yönteminde faaliyetlerde bulunan ve Tunceli Vartinik Köyü ve bölgesi civarında yapılan müsademe sonunda yaralı olarak ele geçirilen daha doğrusu yaralı olarak kaçmayı başaran ve beş gün sonra ele geçirilen İbrahim Kaypakkaya'nın durumunu halen kalmakta olduğu hastanede tesbit ve teşhis ettirmek için soruşturma savcısı Hakim Kd. Yzb. Yaşar Değerli ve zabıta P. Kd. Bşçvş. Cemal Kuşakçı ve sanığı evvelce tanıyan ve okul arkadaşı olduğu anlaşılan ve halen bazı ilişkileri nedeniyle gözaltında tutulan Mehmet Çetin olduğu halde hastaneye gelindi, keyfiyet nöbetçi tabipliğine bildirildi, nöbetçi tabip Dr. Bnb. Saadettin Demiray'ın görüşü alındı ve sanığın kalmakta olduğu oda Muhafız Çavuş Mehmet Salih Güney'e açtırıldı ve refakatte getirilen Mustafa İnanç'da hazırda olduğu halde başında sargı, boynunun sol tarafında izale sargı bulunan ve sol bileğinden karyolaya kelepçelenmiş tahminen 1. 65 boyunda, sarışın, yeşil gözlü, şahsa tarafımızdan ismi soruldu. İsminin İbrahim Kaypakkaya olduğunu ifade eyledi, teşhis için refakatte getirilen Mehmet Çetin'den soruldu. Evet yatmakta olan kişi benim Çapa Yüksek Öğretmen Okulu'ndan arkadaşım İbrahim Kaypakkaya'dır, sargılı olmasına rağmen iyice teşhis ettim dedi, adı geçen hasta konuşturuldu, teşhis şahidi Mehmet Çetin evet bu öteden beri arkadaşım olan İbrahim Kaypakkaya'ın sesidir dedi. Daha sonra İbrahim Kaypakkaya'nın kimlik tespitine geçildi...

Sanığın şuuruna hakim olduğu ve ifade verebilecek durumda olduğu konuşmalarından ve harici görünümünden anlaşılmakta ise de, müdafii doktorla daha evvelce yapılan telefon görüşmesi ve bunu teyiden nö-

65

betçi tabip Bnb. Saadettin Demirak'ın beyanlarına
göre İbrahim Kaypakkaya'nın ayak parmaklarından mey-
dana gelen donma sebebiyle, operasyona tabi tutula-
cağı ve kafasındaki yaradan dolayı tedavisinin devam
ettiğinin bildirilmesi ve uzun bir sorgu işleminin
de bu durumu ile bağdaşmaması karşısında şimdilik iş
bu teşhis ve tesbit hali ile ihtiva edilmesi uygun
bulunarak tutanağa nihayet verilip iş bu tutanak hu-
zurda tanzim olunarak hazır bulunanlar tarafından
imzalandı. (13 Şubat 1973)

Yani Savcı Yaşar Değerli İbo'yu almak için daha bekleyecekti.
Bir süre sonra doktor, İbo'ya donmuş olan ayaklarının "ke-
silmesi gerektiğini" söyledi. İbo "ayaklarının kesilmesini kabul
etmediğini" bildirdi. Doktora, "Ellerimi, ayaklarımı çözün, ben
iyileşirim," demişti. Doktor, İbo'dan ayaklarının kesilmesi için
tekrar "izin imzası" istemiş, İbo yine "zincirler çözülürse kendi-
sini iyileştirebileceğini" söyleyerek imza vermeyi reddetmişti.
Yemek yiyeceği bir vakitti. Sağ elini çözmüşlerdi. İbo çözü-
len eliyle sağ ayak parmaklarından birine dokundu. Tırnağının
düşmüş olduğunu gördü. Sonra bir bir çekti çıkardı tırnakları-
nı. Hiç hayır kalmamıştı ayaklarında. Üsteğmen Fehmi'nin ken-
disini saatlerce buzlu Kutu Deresi'nde yürütüşünü nefretle ve
öfkeyle andı.
Sonra uyudu İbo. Uykusunu ilaçla pekiştirmişlerdi. Sabah
uyandığında ayaklarında bir sızı hissetti. Sargılıydı ayakları. O
uyurken kesmişlerdi...
Birkaç gün içinde şaşılası bir biçimde ve hızla kendine gel-
di İbo. Zincire vurulu yatmasına ve onca acıdan süzülüp çık-
mış olmasına karşın, toparlanmış, yüzü renklenmiş, dirilmişti.
Sorgucular diş gıcırdatarak bekliyorlardı onu.
Fakat bir yandan da ürküyor, kuşkulanıyorlar; onun yenil-
mez iradesini oyuna getirme planları kuruyorlardı.
Hastanede bir er gizliden gizliye İbo'yla yakınlık kurmaya

başladı. Yoksul köylüden bir erdi. İbo işkilenmiş fakat, yine de içinde bulunduğu koşullarda bir açık kapı bırakmıştı. Sürekli olarak kaçmayı düşünüyordu. Bu da ancak hastaneden olasıydı. Eski gücü az buçuk da olsa yerine gelmiş, toparlanmıştı. İbo kendisiyle yakınlık kuran ere mektup vereceğini söyledi. Onun getirdiği kalem ve kâğıtla, çözük olan tek eliyle 28 Şubat'ta bir mektup yazarak atması için ere verdi.

İbo "Arkadaşlara anlatacağım bazı şeyler var" diye başlayan mektubunda Vartinik olayını, yakalanışını, jandarmada "feci dövüldüğünü" ve şimdi bir sürü yer gezdirildikten sonra, hastanede yatmakta olduğunu anlatarak şunları söylüyordu:

... Başımdaki ve boynumdaki yaralar 20 günde kapandı. Bu arada şunu da belirteyim. Yaralı vaziyette ilk bir hafta her iki kolumdan karyolaya çarmıha gerer gibi gerdiler. Israr üzerine kelepçenin birini çözdüler. Şimdi tek elimle karyolaya kelepçeli durumdayım. 24 Ocak'da baskına uğramıştık. 22 Şubat'ta iki ayağımdan da ameliyat oldum. Sağ ayağımda hiç parmak kalmadı. Vaziyette pek parlak değil. Sol ayağımda hatıra olarak, küçük parmağım kaldı. Tedaviye devam ediyorlar, ne zaman iyileşirim bilemem. Doktorlar gelecek ayın 15'i ni tahmin ediyorlar. Bu arada yataktan hiç inemiyorum, fakat tek kelepçe hâlâ bağlı duruyor. Savcı geldi, bir kimlik tespiti yaptı. Sorgu için iyileşmemi bekliyorlar. Bu ara poliste bazı şeyler duydum. Savcı Ümraniye'de kaldığımız bir evin tespit edildiğini söyledi. Bir başka polis bana Aşur diye hitap etti. Bir başka polis Tıp'lı bir kızın öldüğünü söyledi. Yine savcı bana Musa ve Hamza diye hitap etti. Bir başka polis Çapa'lı Hikmet'in yakalandığını söyledi. Çapa'lı Hikmet'i ben okuldan tanırım. Ama devrimci faaliyetle ilgisi olduğunu bilmiyorum. Okul arkadaşım Mehmet Çetin'le görüştürdüler. Ocaktan beri içerdeymiş. Kendisine gönderilen bir mektuptan dolayı içerdeymiş. Yine poliste bana, Siverek'den olduğunu söyledikleri birini gösterdiler. Güya bize silah gelmiş. Sınırdan o alacakmış. Habire, dövüyorlardı. O, beni tanıdığını Musa olduğumu evlerinde kaldığımı söyledi. Oysa ben onu tanımıyorum. Üstelik Musa da değilim. Yine Siverek'den Serdar mı, Seyithan mı diye biri içeri düşmüş. Bunu sadece duydum. 15 gün sonra çözülmüş. (Ocak'da düşmüş) Bir çok şey söylemiş. Yine bizim davalarla ilgili olarak ve galiba Seyithan'ın konuşmasıyla ilgili olarak Siverek'den daha başkaları da varmış içeride. Ama kimler olduklarını, kaç kişi olduklarını bilmiyorum.

Burada ne radyo dinleyebiliyorum, ne de gazete okuyabiliyorum. Diğer gözaltındakiler ve mahkûmlar koridora çıkıp gezebiliyorlar. Radyo dinleyebiliyorlar. Benim koridora açılan kapıyı da kilitliyorlar. Yani dünya ile irtibatım kesik. Zannediyorum, Tunceli'li birçok mahalli devrimciyi içeri doldurmuşlar.

Arkadaşlar, üzerimde işe yarar hiçbir giyecek yok. Ayrıca para da yok, 200 lira vardı poliste kaynadı. Sizden ikişer adet iç çamaşırı, 42 numara ayakkabı, çorap, bir çift picama, mintan (veya kazak), ceket ve pantalon istiyorum. Ölçülerini siz bilirsiniz. En az 500 (beşyüz) lira kadar para yollayın. Babam gönderecek durumda olsaydı ondan isterdim. Onun durumu çok kötü. İstediklerimi Ankara'dan postaya verin ve üzerine babamın adresini yazın. Babamı ziyaret ederseniz dikkatli davranın, gözaltında olabilir.

Arkadaşlar, sizden isteyeceğim diğer şeyler şunlardır: Birincisi siyasi polise karşı tedbirlerinizi çok çok sağlamlaştırın. Bugünlerde polis özellikle bizim üzerimizde duruyor. İkincisi: Kadrolarınızı en kısa zamanda ve en iyi şekilde silahlandırın. Buna acilen ihtiyacımız var. Devrimci kitlelerden de bu yönde eleştiriler geliyor. Üçüncüsü: Ki, birincisiyle ilgili, poliste çözülenleri saflarımızdan atın. Dördüncüsü: Bölgemizdeki irtibatı yeniden düzene koyun ve sağlam esaslara bağlayın. Beşincisi: Hareketimizin her alanda ve bu arada mücadelede başıboşluğa, gevşekliğe, korkaklığa adamsendeciliğe aman vermeyin. Böylelerini acımadan saflarımızdan temizleyin. Az olsak bile sağlam ve kararlı olalım. Altıncısı: Son kayıplarımız üzerine saflarda moral bozukluğu ve inançsızlık yaymaya kalkanlar olursa, onların bu bozgunculuğuna müsaade etmeyin. Elbette gerilemeler ve kayıplar olacak. Devrim Nevski'nin dümdüz bulvarına benzemez, ki (son kaybınız tamamen bir kişinin nöbet görevini ihmal etmesinden doğmuştur. Bizim hatamız da şudur: Kaldığımız yer çok kişi tarafından bilindiği halde orada kalmaya devam ettik.) Yedincisi: Silahlı mücadele asla durdurulmamalıdır. Bizi geliştirip güçlendirecek olan odur. Sekizincisi: Yayın organının durumu, siz yeniden içinde bulunduğunuz durumu inceleyerek kararlaştırın. Dokuzuncusu: Diyarbakır içinde adamlar bulmaya çalışın. Onuncusu: Beni kaçırma yolları arayın ve kaçırmaya çalışın. İdamım veya en azından müebbetim muhakkak.

Selam eder, gözlerinizden hararetle öperim. Daha sıkı, daha sağlam, daha kararlı bir savaş dilerim. Hoşça kalın.

Arkadaşınız.

NOT: 1) Benim üzerimde hiçbir yazılı kâğıt ele geçmedi.

2) Adresim: İbrahim Kaypakkaya. Sıkıyönetim Tutukevi, Diyarbakır..."

(TKP- ML Dava Dosyası)

Gidenin bir resmi kalır, asarlar duvara,
Yavaş yavaş duvarda unutulur.
Senin sesini duyacak
İnsanlar kıyamete dek,
Sabahlar gibi taze,
Bal gibi tatlı,
Ve yorgun
ve sevdalı
ve yiğit.

A. Kadir

İbo postaya atması için, mektup verdiği eri, o günden sonra bir daha hiç görmedi. İçten içe "ya polis'ti, ya da yakalanmış, öldürülmüştür" diye düşündü durdu.

Gerçi, daha baştan, erin polis olabileceği olasılığını gözönüne alarak ihtiyatlı yazmış; durumu hakkında bilgi vermiş, duyduğu, gördüğü şeylerin haberlerini ve genel dileklerini iletmişti. Bu açıdan fazla üstünde durmuyordu. Fakat erin polis olmayıp, yakalanmış olması olasılığını içinden geçirdikçe, acı bir duyguyla doluyordu.

İbo'nun işkili haklı çıktı. Kendisiyle yakınlık kuran er MİT'in "haber kuryesi"ydi.

"Diyarbakır Sıkıyönetim Komutanı Korgeneral Şükrü Olcay" imzalı; "Gizli" ibareli, 6 Mart 1973 gün ve İST: 7130- 724- 73/ 1974 sayılı raporun ilgili bölümü şöyleydi:

Anarşist İbrahim Kaypakkaya Askerî Hastanede gözaltında bulunduğu sırada 28 Ocak 1973 tarihinde İstanbul Teknik Üniversitesi Asistanlarından ...'ye yazmış olduğu mektup sansür sonucu ele geçirilmiş, mektup muhteviyatı ve sureti ilgi (b) yazı ile arzedilmiştir. Anarşist İbrahim Kaypakkaya'nın arkadaşlarına hitaben yazmış olduğu bu mektubun 10 maddeyi ihtiva eden talimat kısmı, bilhassa dikkati çekecek durumdaydı. Ek- 1 de sunulan ve özellikle kendi durumuyla ilgili "beni kaçırma yollarını arayın ve kaçırın, idamım veya en azından müebbetim muhakkak" maddesi, komutanlıkça alınması gerekli tedbirlerin artırılması gereğini ortaya koymuş, alınan emniyet tedbirlerine ilaveten MİT tarafından hastaneye istihbarat elemanları sızdırılmış, kaçması veya kaçırılması imkânsız hale getirilmiştir.

Yine aynı olayla ilgili olarak MİT de şu raporu İbo'nun dosyasına koymuştu:

— Adı geçen, hastaneye yattıktan bir müddet sonra dışarı ile temas kurma imkânları araştırmaya başlamış, ancak bu husus servisimizce (Dyb. B.D. Bşk) beklendiğinden kendisine bir şahıs sürülmüştür.

— İ. Kaypakkaya, düşünüldüğü gibi, bu şahısa, İstanbul Teknik Üniversitesi Asistanlarından ... adına yazılmış bir mektubu postalaması için vermek suretiyle ilk teşebbbüsünü yapmıştır. —...'nin mektubu aldıktan sonra yapacağı temasların tespiti maksadıyla operasyona devam edilmiş ve mezkûr mektup Diyarbakır Sıkıyönetim Komutanlığı'ndan bir kurye vasıtasıyle uçakla İst. Sıkıyönetim K. lığına, oradan da servisimize (İst B. D. Bşk) ulaştırılmıştır.

— Mektup, Başkanlığımızca münasip bir şekilde ...'ye inkital ettirilmiş ve o andan itibaren adıgeçen takip ve kontrol altına alınmıştır.

— Bir hafta süren takip ve kontroldan sonra ... gözaltına alınmış ve sorgulanmasına başlanmıştır.

— Sosyalist düşünceli olduğunu ve talebeliği sırasında bu konuda çalışma yaptığını saklamayan ... mektubu alınca İ. Kaypakkaya'ya acıdığından ötürü istediği şeyleri göndermeyi düşündüğünü ve kendisine bir daha böyle mektup yazılmamasını söylemek maksadıyla yine okuldan tanıdığı Arslan Kılıç'ı aradığını, fakat bulamadığını açıklamıştır.

— Panik ve şaşkınlık içinde bulunan ... İ. Kaypakkaya'yı 1968 senesinde üniversitedeki talebe cemiyetleri çalışması esnasında tanıdığını, o tarihten beri de görmediğini, memleketlisi olan ... ile nasıl ve nerede tanıştıklarını anlayamadığını ve İ. Kaypakkaya'nın ... ile kendisinin arkadaşı olduklarını nereden bildiğini bir türlü manâlandıramadığını belirtmiştir.

Bu durum üzerine yukarıdaki hususlar araştırma konusu yapılmış ve Diyarbakır B. D. Bşk lığımızdan mezkûr hususlar hakkında bilgi istenmiştir.

— Alınan bilgiler; (İ. Kaypakkaya'nın, Asteğmen nu hastanede tesadüfen tanıdığı, bu arada Nazillili olduğunu öğrenerek, ...yi tanıyıp tanımadığını sorduğu, ...na kaçırılması konusunda herhangi bir şeyden bahsetmediği) şeklindedir...

İbo'nun mektubundan aradıklarını bulamamışlardı fakat

hastanedeki güvenlik önlemleri de alabildiğine yoğunlaştırıl-mıştı.

Tunceli yöresinde, İbo'nun izini sürme işlemleri ve koman-do operasyonları İbo'nun yakalanmasıyla son bulmamıştı.

İbo yakalanmıştı fakat, onun bunca zaman, bu dağda taşta dayanabilmesinin hikmeti neydi? Bu uzayıp giden toprağın hangi kıvrımlarında kimler el uzatmıştı ona? Neden el uzattık-ları önemli değil! Kimlerin el uzattığı, nasıl el uzattığı önemliy-di. Bu nedenle de İbo'nun Düzgün Dağları'nda, Tunceli'de, Na-zimiye'de, Antep'te, Malatya'da, Siverek'te... daha uzun süre izini sürmeliydiler. Sürdüler de.

Bir köyde bir gülümseyiş; bir yaylada bir dostluk; bir çoban evinde bir gece sohbeti; bir harman yerinde kurulmuş bir sof-ra; soğuk kış gününde verilmiş bir yün çorap; bir yol gösteriş; el sıkışlar, selam taşıyışlar... didik didik edildi.

Birçok insan "yardımcı", "yatakçı" "eşkiyaya yol gösteren, ev veren, ekmek veren, selam veren" diye alınıp getirildi kara-kollara. Taş duvarlar arkasında, gözleri bantlanıp, sorguya çe-kildiler. "İfadeleri alındı!.."

Sonra sıra sıra hastaneye, İbo'nun karşısına getirildiler.

Savcı Yaşar Değerli, dağdan taştan, köyden kazadan topla-nan bu yoksul insanlara "kabul ettirdiği" şeyi, İbo'ya da kabul ettirmek istiyordu. İbo ise, yakalandığı andan beri, sürdüregel-diği tutumunu değiştirmiyordu. Kendisiyle yüzleştirilmek üze-re hastaneye getirilen yoksul köylüleri acı ile karşılıyor, onlar-la içten bir duyguyla göz göze geliyordu.

İlk yüzleştirme 12 Mart 1973 günü "muhtıranın" yıldönü-münde yapılmıştı. Burjuva basınında muhtıranın "önem ve fa-ziletlerinin" belirtildiği; radyoda "memleketin gün be gün kur-tulduğunun" söylendiği; sokaklarda resmi "kutlama merasim-lerinin" düzenlendiği bir günde, saat 10.30'da, İbo'nun yaralı olarak ve zincire vurulu bir durumda yattığı odaya, yanında birkaç yoksul köylüyle geldi Savcı Yaşar Değerli...

Bir süre sonra giderken elindeki kâğıtta şunlar yazılıydı:

T. K. P. M. L. Örgütü yöneticilerinden olduğu iddia edilen halen yaralı olarak Askeri Hastanede tedavi görmekte bulunan İbrahim KAYPAKKAYA'nın nüfus cüzdanını istimal ettiği ve tahrif ettiği Süleyman oğlu 1947 doğumlu Haydar Mecit ile yüzleştirmesini yapmak üzere ve keza Tunceli Gökçeköy Barıkbaşı mezrası sakinlerinden bulunan ve İbrahim Kaypakkaya'ya yataklık ettikleri ileri sürülen, Hıdır KARAGÜL, Mehmet SARIKAYA ve Hüseyin SARIKAYA alınarak Askeri Hastaneye 12 Mart 1973 günü saat 10.30'da gelindi.

Önce Haydar Mecit sanık İbrahim Kaypakkaya'nın yatmakta olduğu odaya getirildi. Haydar Mecit'e sanık İbrahim KAYPAKKAYA gösterildi. "Benim nüfus cüzdanımı köy civarında Hacı Özdoğan ile elimden alıp vermiyen kişi yatmakta bulunan kimsedir, ismini bilmiyorum. Ancak eşgalini bütün hatlarıyle hiçbir tereddüde meydan vermiyecek şekilde hatırlıyorum. Bu görüşümde ısrar ediyorum, nüfus cüzdanımı alan budur. Ben bunu demekle benden nüfus kâğıdını bu şahsın bizzat aldığını söylemiyorum, fakat yanındaki arkadaşı Hacı ÖZDOĞAN aldı. Sonradan nüfus cüzdanımın üzerinde bu sanığın resmi sahte olarak yapışık olduğuna göre bunun istimali düşüncesiyle nüfus kâğıdımın benden alındığı ortadadır", dedi.

İbrahim KAYPAKKAYA'ya soruldu: "Ben bu şahsı ve Hacı Özdoğan'ı tanımıyorum, nüfus cüzdanını Malatya'da buldum. Ben Sıkıyönetimce aranıyordum, çünkü proleteryanın amacını benimsemiş ve komünizme varmak için hasret çeken daha doğrusu bu ideolojiyi benimsemiş ve onu nihai hedef kabul etmiş birisiyim. Gerçek hüviyetimi gizleyebilmek için Haydar Mecit'e ait nüfus cüzdanına kendi fotoğrafımı yapıştırdım. Bu bir sınıf mücadelesidir, böyle şeyleri doğal karşılıyorum, aksi halde yapacak bir şey olmadığı kanaatindeyim. Haydar Mecit baskı gördüğü için bu şekilde konuşuyor. Şayet böyle değilse yalan söylüyor, bunun sebebini bilemem" dedi.

Bu sırada Haydar Mecit "Ben hiçbir baskı görmedim. Yalan söylememin makul bir izahı yoktur, ben bu adamı evvelden tanımıyorum ki herhangi bir sebeple hakkında yalan beyanda bulunayım. Ben daha evvelce bu şahsı tanımıyorum, sadece Hacı Özdoğan yakın köylümdür. Bu işe iradi olarak iştirak etmiş değilim" dedi.

Diğer sanıklar Hıdır KARAGÜL, Hüseyin SARIKAYA ve Mehmet SARIKAYA ayrı ayrı içeri alındılar ve yatmakta bulunan sanık İbrahim KAYPAKKAYA kendilerine teker teker gösterildi. "Biz bu şahsı ne Gökçe Köyde ve ne de Barıkbaşı mezrasında görmüş değiliz. Esasen evvelki ifadelerimiz farklı şekilde alınmış. Yani bizim söylemediğimiz şekilde olmuş. Biz bu yabancıyı görsek ve ekmek vermiş olsak niçin gizliyelim" dediler.

İbrahim KAYPAKKAY'ya soruldu, "Ben yüzleştirme için önce ayrı ayrı odaya alıp soruşturduğunuz ve bilahare birlikte ve huzurda sorduğunuz ve getirdiğiniz hususları ve bu kişileri tanımıyorum. Hiçbir zaman da karşılaşmadım, ben müsademe sırasında yaralanmış olduğum 24.1.1973 tarihinden yarı donmuş vaziyette yakalandığım 29 Ocak 1973 tarihine kadar yanımda evvelce mevcut bulunan ekmeği yemekle kifayet ettim, zaten yaralı ve bitkin olduğum için ekmek dahi yiyemiyordum. Kanaatimce huzura getirilen bu üç kişi benimle hiçbir ilişkisi olmaksızın fiilsiz ve sebepsiz olarak ve haksız olarak ve bir zulüm örneği olarak getirilmişlerdir" dedi.

Bu sözlerine karşı kendisine yasaların emrettiği soruşturma usulleri ve suçlu kimselerin takibi ve alakalı konuda açıklamalarda bulunuldu.

Yapılacak başka işlem kalmadığından birlikte tutulan iş bu yüzleştirme zaptı imza altına alındı. 12 MART 1973

Ve sonunda bütün işkencecilerin beklediği zaman geldi. İbo'nun sorgulanmaya elverişli olduğuna karar verildi. Hastaneden alınıp, elleri kolları zincirli olarak Diyarbakır işkencehanelerine götürüldü.

... Canımda damıttım
seni ey zulüm
sancısını
inceden
kum gibi taşıdığım
kasığımda Amerikan kemendi
bağıra bağıra geceler boyu
kaskatı kesilip
kan işediğim...

Ahmed Arif

1973'ün Türkiye'si karanlık birtakım dehlizlerden oluşuyordu. Duvarlarında kan ve insan çığlığı olan dehlizler. Duvarlarında pranga halkaları. Zincirler... Demir çubuklar... Duvarlarında işkence görmüş insanların yüzleri tanınmayacak hale sokulmuş resimleri. Kan yıkamak için kiralanmış paspas işçileri; doktor gömlekli ölüm bekçileri. Boyna, enseye, ağıza, kulaklara, beyne, cinsiyet organlarına saplanan elektriğin kablo bağlayıcıları; ayakları patlayanların sırtına binen hayvani ağırlıklar; sahtekâr moral hocaları...

1973'lerin Türkiye'lisini eli kanlı soyguncular boğazlıyordu... Yollar tutulmuş; gülümseyiş, çocuk yüzlerinde bile dondurulmuştu. 1973'lerin Türkiye'si düşünen beyne indirilen darbelerden, oluşuyordu: Karanlık boşlukları bilim adamlarıyla, işçilerle, köylülerle, öğrencilerle, yazarlarla doldurulan hücrelerden.

1973'lerden, yıllardır kan damlayan Anadolu'nun bağrına, yeni yara darbeleri vurulmuş; 1973'lerde, binlerce yıldır talan edilen Anadolu toprağına, yeni hırsızlar doluşmuştu.

1973'lerin Türkiye'sinde bütün ışıklar söndürülmüş, katillerin kahkahalarıyla sarsılıyordu geceler.

Kapıları kilitlenmiş, kendi evlerinde kurşunlanıyordu insanlar.

Analar oğullarına, nişanlılar sevgililerine, okuyan göz, düşünen beyin kitaba, emek makineye ayrı düşmüştü. Yasaktı hak istemek; açlıktan, yoksulluktan, acıdan söz eden kelimeler yasaklanmıştı. Düşmanca bakıyorlardı beşikteki bebeğe bile...

1973'lerin Türkiye'sinde hançer ayrı düşürülmüştü onu kavrayacak bileğe...

Böyle böyleydi, bu acılı yurdun hali İstanbul'da, Ankara'da, Sivas'da, Diyarbakır'da, Ağrı'da...

İddia makamında savcı Yaşar Değerli'nin oturduğu bir salonda; Ali Haydar ve İbo'nun, vurulup düştüğü Vartinik'ten canını ıssız dağlara sıyırıp giden arkadaşı, ilk sorgusunda şunları söylüyordu:

... Bizler faşizmin en bilinçli en azgın güçleri tarafından yakalandık, sorguya çekildik ve onların tesbit ettiği cezalarla buraya getirildik. Halkımızın ve tarafsızlık iddiasında olan mahkemenizin sorguların nasıl alındığını bilmesi, savcının ileri sürdüğü iddiaların ne derecede sağlıklı olduğunu gösterecektir.

Faşizmin karşı gerilla gücü benim sorgumu Harbiye'deki işkence odalarında aldı. İki ay boyunca sorguda kaldım. İlk on beş gün içinde Tunceli Jandarma Karakolu'na bomba atmak, iki jandarma erini öldürmek, albayın evini soymak gibi gerçekle ilgisi olmayan olayların faillerini söylemem için ağır bir işkence uyguladılar. Çırılçıplak soyarak, ayaklarıma zincir bağlayıp havadan astılar. Ve buzlu su dökerek demir çubuklarla devamlı dövdüler. Bacaklarım morarıp şişince, kollarımdan asarak aynı şekilde demir çubuklarla sürekli dövüldüm. Vücudumun her yanında kırmızı şeritler halinde kan sağıldı.

Türkiye'de faşizm (günümüzde) bir insanın alt gözkapaklarının içine ve meme uçlarına izmarit basıyorsa, insan vücudunun en hassas noktalarına aynı anda falakayla birlikte ceryan veriyorsa, deli etmek için insan kafasını duvarlara sürekli vuruyor ve vücudu iğneleniyorsa, bu onların günümüzde gestapo ruhunu nasıl canlandırdıklarını ve halkın mücadelesine karşı nasıl kin beslediklerini gösterir.

Bana yapılan işkenceleri burada anlatmaktan açıkçası utanıyorum. Çünkü anlatılacak şeyler insan ahlâkına, şeref ve haysiyetine sığmayacak şeylerdir. Ancak şunu söyleyebilirim ki, işkence neticesinde yarı-komalık hale geldim, dilim şişti ve ağırlaştı. Bir noktadan sonra işkence etkisini göstermeyince beni psikolojik olarak etkilemek için Hanife Canik, Cem Somel, Süleyman Yeşil gibi arkadaşlara gözlerimin önünde cereyan ve falaka işkencesini uyguladılar. Hatta bir arkadaşa şahsıma küfretmesi için cereyan verdiler.

Birçoğu gerçeğe aykırı olan eylemleri kabul etmediğim için işkencecilerden birisi "sen konuşmazsan biz konuştururuz" diyerek, benimle aynı bölgede çalışan bir arkadaşın işkence altında alınan bir ifadesini değişik bir tarzda daktilo ederek savcılığa çıkardılar, bu birinci savcılık ifadesiydi.

İki gün sonra tekrar Harbiye'ye gönderdiler. Aynı yerde birbuçuk ay kadar kaldım. Bu birbuçuk ay zarfında bana yapılan baskıları anlatmayacağım, ancak şunu belirteyim ki bu süre içinde tuvalete gözlerim bağlı, sırtıma bir asker binip kulaklarımdan idare edilmek suretiyle getirilip götürüldüm.

İşkencenin 55. gününde, dosyanızda bulunan ve bana tek tek hatırlatılarak yazdırılan el yazması ifadeyi verdim. Savcı Yaşar Değerli de ikinci savcılık ifademi buna dayanarak aldı. O anda ne yazdığını ve bana neler sorduğunu hatırlamıyorum. Ancak o andaki durumumu kendisinin açıklamasını istiyorum...

İşkence suçlularını da şikâyet edecek değilim. Çünkü işkence tezgâhı ve kadroları, hakim devlet mekanizmasının bir parçasıdır. Benim başvuracağım tek şikâyet mercii varsa o da, halkımızın bitmez tükenmez devrimci gücüdür.

Harbiye'de dikkatimi çeken bir husus da, kollarım ve bacaklarımdan zincire vurulduğum sırada, işkenceyi uygulayanlardan birisinin, başucumda duran uzun boylu sarışın bir Amerikalı'ya izahat vermesiydi (TKP- ML Dava Dosyası)

İbo, Diyarbakır işkencehanelerinde gece gündüz demeksizin sürekli olarak sorgulanıyordu. Götürüldüğü işkencehaneden sabaha karşı getirilip, hücreliğin üç numaralı gözüne bir posa gibi atılıyor ve bağlanıyordu. Sonra ertesi gün tekrar götürülüyordu.

Günlerce, haftalarca sürdü bu.

Git gide ezilen, tekmelenen, zincirlenen, elektrikle sarsılan gövdesinin içinde; yorulmak nedir tanımayan, tökezlemek nedir bilmeyen, baş eğmeyen, aman dilemeyen, yüreğini bir ateş parçası gibi taşıyordu. Sorgucular etini kemiğini ele geçirmiş, zincire vurmuş, prangaya germişler fakat yüreğine ulaşamıyor, onun vuruşlarını boğazlayamıyorlardı. Bir de İbo'nun beyninin kıvrımlarına çelikle işlediği irade şaşkına çeviriyordu falaka tutan, elektrik kablosu bağlayan, demir çubuklarla ona vuranları.

Hücreliklerde kalan birçok tutuklu onun böyle götürülüp getirilişini, ayak seslerinden, konuşmalardan, bağrışmalardan yakıcı, kavurucu bir acı ve yine de coşkun bir duygu ve heyecanla izliyor, dinliyorlardı.

İbo'yu götürüp getirmekle görevli birçok er; başında bekleyen birçok nöbetçi, onun bu direnişi karşısında besledikleri hayranlığı gizlemiyor, kulaktan kulağa dostlarına anlatıyorlardı. Dalga dalga yayılıyordu İbo hakkında söylenenler. Hücrelerden cezaevlerine ulaşıyor, cezaevinden görüşmecilere anlatılıyor, şehirden şehire yankılanıyordu.

Birçok yüksek rütbeli subay bile bu çelik iradeli genci hücresinde görmeye gelmişlerdi.

Haydaran yaylalarında Ali Haydar için yakılan ağıtlar, artık İbo'nun yiğitliğiyle yoğruluyordu.

İbo'nun yüreğindeki sırrın işkenceyle sökülmeyeceği gibi bir korku sorgucuları telaşlandırıyor, kara kara düşündürüyordu.

Bu kez işkence odalarında aynı yöntemlerle "ifadelerini aldıkları" tutukluları sıra sıra İbo ile yüzleştirmeye getirdiler. İbo'ya "susmanın faydasız (!) olduğunu" göstermek istiyorlardı.

Yüzleştirmek için yanında daha önce ifadelerini aldığı tutuklularla gelen savcı Yaşar Değerli İbo'ya, "İşte onlar her şeyi kabul ettiler, direnmen faydasız," diyordu.

Savcı Yaşar Değerli sıra sıra on altı kişi getirdi, İbo'yla yüzleştirmek için. İbo onları tanıdığına dair tek sözcük söylemedi. Ve yüzleşmeye gelen tutukluların on altısı da İbo'nun nasıl öfkelenerek haykırdığını; yaralar, bereler içinde olduğu halde ye-

rinden nasıl doğrulup, gerildiğini, soru yağmurlarına, sorgucu-
lara nasıl karşı koyduğunu büyük bir hayranlık içinde izlediler.

Bir kısmı İbo ile yüzleştirildikleri an, onun bu tutumundan
etkilenerek, daha önce, onunla ilgili olarak "kendilerinden alı-
nan ifadeleri" orada, İbo'nun karşısında reddettiler.

Bu kez sorgucular daha da telaşlandılar. İbo kendisi sus-
makla kalmıyor, susuşu, susuşundaki ödünsüz tutumu, baş
eğmeyişi, umudunu yitirmeyişi ve coşkusuyla çevresini de et-
kiliyordu.

Nisan, Mayıs'a doğru devrilmekteydi...

... Gittiğin her yerde
Bu işkencelerden söz et
Bu cehennemde yaşayan
Kardeşinden,
Öteki kardeşine ilet
Öylece!...

Neruda

İbo'yu 1973'ün Nisan ayında yani yakalanışının üstünden üç ay geçtikten sonra bu döneminde gören bu on altı tutuklu, daha sonra cezaevlerine döndüklerinde arkadaşlarına gördüklerini büyük bir coşkuyla anlattılar. İbo'nun çelik perçinlerle gövdesinden kopmaz kıldığı iradesi cezaevindeki arkadaşlarına umut ve heyecan iletmişti.

"İfadelerini aldığı" tutukluları İbo'yla yüzleştirdiği zamanlarda, savcı Yaşar Değerli'nin yazıcıya yazdırdıklarından üç örnek şöyleydi:

Sanık İbrahim KAYPAKKAYA'nın Tunceli bölgesindeki örgütsel çalışma ve ilişkilerini inkâr etmesi ve ilk kez Tunceli'ye müsademe yapılmadan yani 24 OCAK 1973 tarihinden 10 gün kadar önce geldiğini ileri sürmesi karşısında daha evvelce bu sanığın Tunceli bölgesinde bilinçlendirme ve kadro çalışması yaptığı yolundaki deliller karşısında gerekli yüzleştirmenin yapılması için sanıkla ilgili beyanlarda bulunan sanık Ali YILDIZ Cezaevinden celp edildi. Önce İbrahim KAYPAKKAYA huzura alındı. Daha sonra Ali YILDIZ çağrılarak, sanık İbrahim KAYPAKKAYA'nın herhangi bir ismi veya takma adından söz edilmeksizin Ali YILDIZ'a gösterildi. 11 Şubat 1973 tarihli ifademde Hamza olarak ettiğim ve Tunceli'de bilinçlendirme çalışması yapan ve bize Sosyalizmin Temel Kavramlarını öğreten kişi budur. O zaman yani ilk sorgum sırasında bana İbrahim KAYPAKKAYA'nın resmini göstermiştiniz. Daha doğrusu resmini gösterdiğiniz kişinin ben Hamza olduğunu söylemiştim. Sizde bunun takma ad olduğunu, Hamza'nın gerçek adının İbrahim KAYPAKKAYA olduğunu ifade etmiştiniz. Sorgumda sanığa atfen söylemiş olduğum ilişkileri aynen tekrar ederim. Dedi. Hamza eski ifadem'de söylediğim gibi bana Ali'ye götürülmek üzere bir mektup vermişti. Bu mektubu ona ulaştırmam için Siverek'e gitmemi ve oradan tüfekçi Abdurrahman KESKİN'i bulmamı söylemişti. Ve bu kişiye "Gazocağını yaptın mı" parolası ile gitmemi tembihlemişti. Buna ilişkin beyanlarımı da aynen tekrar ederim. Ben huzurunuza gelmeden önce bir takım baskılara maruz kaldımsa da Hamza ile ilgili beyanlarımda herhangi bir etki ve olmayanı beyan söz konusu değildir. Dedi. Ali YILDIZ'a Hamza'ya (İbrahim KAYPAKKAYA) ilişkin beyanlarının baskı ve tesir altında olup olmadığı ve İbrahim KAYPAKKAYA ile alakalı bulunmayan hususları zorla etki altında bırakılarak söyleyip söylemediği hususu tekrar SORULDU: Ben daha önce bazı yönlerde baskı gördüm. Ancak Hamza ile

ilişkili beyanımda etki ve varit olmayan şeyi söyle-
memişimdir. Böyle bir durum söz konusu değildir. Es-
ki ifademi aynen tekrar ederim. Dedi.

İbrahim KAYPAKKAYA'ya SORULDU:

Daha önce de söylediğim gibi Tunceli'ye hiç git-
medim. Bu bölgede daha önce örgütsel bir çalışma yap-
madım. Ali YILDIZ'ı tanımıyorum. Kendisinin baskı
altında kaldığını ve o sebeple hakkımda beyanlarda
bulunduğunu zannediyorum. Ali YILDIZ'la herhangi bir
ilişkim olmamıştır. Dedi. Ben Hamza takma adını kul-
lanmadım. Dedi.

Ali YILDIZ'dan tekrar SORULDU: Hamza bana göster-
miş olduğunuz ve evvelce eşgalini verdiğim huzurda-
ki kişidir. Ben bunun gerçek adını buraya gelinceye
kadar bilmiyordum. Resmini gösterip ben Hamza deyin-
ce siz İbrahim KAYPAKKAYA olduğunu söylediniz. Ve
şimdi de bunun İbrahim KAYPAKKAYA olduğunu söylüyor-
sunuz dedi. Ve eski ifadesinde ısrar etti. Yapılan
yüzleştirme işlemi bitmiş olduğundan iş bu yüzleş-
tirmeye sanıkları Cezaevinden getiren Sıkıyönetim
Cezaevi Müdürü P. Yd. Ahmet BALDOĞAN ve Sıkıyönetim
Cezaevinde görevli Top. Yd. Atgm. Mevlüt KARAASLAN
huzuru ile tutulan iş bu yüzleştirme zaptına nihayet
verilerek birlikte imza altına alındı. 24.4.1973

Sanık İbrahim KAYPAKKAYA'nın İstanbul cihetinde
sürdürdüğü örgütsel çalışmalar hakkında ortaya koy-
duğu beyanlar ile sanık Seyithan DOKAY'ın beyanları
arasında aykırılık meydana geldiğinden işbu mübaye-
net'in giderilmesi ve özellikle Musa takma adlı şah-
sın İbrahim KAYPAKKAYA olup olmadığını kesinlikle
saptamak için sanık Seyithan DOKAY huzura alındı,
daha evvelce huzura alınmış bulunan İbrahim KAYPAK-
KAYA'NIN isminden söz edilmeksizin sanık Seyithan

DOKAY'a gösterildi. Ben 3.2.1973 tarihinde alınan ifadem'de Musa olarak bir isim ifade etmiş ve bununla İstanbul'da görüşme yaptığımı ve Şafak revizyonimin tezleri isimli teksirleri aldığım kişiyi de Musa olarak söylemiştim. Huzurda gördüğüm kişi Musa'dır isminin İbrahim KAYPAKKAYA olduğunu burada öğrendim. Her ne kadar bu şahsı bana MİT'de gösterdikleri sırada bunun Musa olduğunu söylemişsemde oradaki haleti ruhiyem bozuktu, herhangi bir kimseyi de gösterseler Musa budur diyebilirdim. Fakat şimdi tereddütsüz olarak beyan ediyorum. İfademde Musa'ya atfen söylediğim ve örgütsel ilişkilerimi anlattığım kimse huzurda bana gösterdiğiniz ve benim Musa olarak tanıdığım ve sizin İbrahim KAYPAKKAYA olarak nitelediğiniz kişidir. Bu hususda hiçbir yanılgım ve tereddütüm yoktur. Dedi. Sanık Seyithan DOKAY'a Hamza OĞUZER'in seni KAYPAKKAYA çağırıyor, (Musa çağırıyor) şeklindeki sözü varittir. Zaten ben bunun üzerine İstanbul'a gitmiştim dedi.

Diğer sanık Hamza OĞUZER bu yüzleştirmede ortak beyan sebebiyle hazır bulundurulduğundan SORULDU:

Evet, ben Musa'nın yani İbrahim KAYPAKKAYA'nın Seyithan DOKAY'ı İstanbul'a çağırdığını bildirdiği, düşüncesini bana açıkladığı ve sen Diyarbakır tarafına gidiyorsun Siverek'e uğra orada terzi Bekir EROL vasıtasıyla Seyithan'ı bul buraya gelsin ve beni kahveci Dursun aracılığıyla bulsun dediği için Siverek'e gelip Seyithan'a seni İstanbul'da Musa çağırıyor diye söyledim. Bu hususdaki eski ifadem ve diğer beyanlarım aynen doğrudur dedi.

Sanık İbrahim KAYPAKKAYA'ya soruldu: Ben bu kimseleri tanımıyorum, Musa takma adını kullanmadım. bu arkadaşlar uzun süre işkence altında tutulmalarının etkisiyle böyle konuşuyorlar:

Sanık Seyithan DOKAY ve Hamza OĞUZER'e sanık İbrahim KAYPAKKAYA'nın muhayyele ettiği gibi herhangi bir işkence etkisi altında kalarak mı, sanık İbrahim KAYPAKKAYA (Musa) hakkında bu şekilde beyanda bulundukları hususu tekrar SORULDU: Ben daha evvelce kaldığım baskının etkisiyle Musa hakkında beyanda bulunmuyorum. Gerçekten Musa olarak tanıdığım kişi huzurda bulunan kimse olduğu için söylüyorum, beyanım hiçbir etki altında kalmaksızın doğru olanı yansıtmak içindir. Eski ifadelerimi tekrar ederim. Dedi. Keza sanık Hamza OĞUZER de aynı şeyleri tekraretti. Yapılacak başkaca işlem kalmadığından Cezaevi Müdürü P. Yb. Ahmet BALDOĞAN ve Cezaevinde görevli Top. Atğm. Mevlüt KARAASLAN huzuruyla tutulan iş bu yüzleştirme zaptı imza altına alındı. (Birlikte) 24.4.1973

... Sanık İbrahim KAYPAKKAYA'nın İstanbul'da sürdürmüş olduğu delillerden anlaşılan örgütsel ilişkilere ters düşen beyanları karşısında sanık İbrahim KAYPAKKAYA'ya atfen Ahmet ve Musa takma isimleriyle beyanda bulunan Hamza OĞUZER huzura alındı. Daha önce huzura alınmış bulunan İbrahim KAYPAKKAYA'nın isminden söz edilmeksizin Hamza OĞUZER'e gösterildi. Benim 2 ŞUBAT 1973 tarihli ifademde Musa ve Ahmet takma adıyla bahs ettiğim şahıs huzurda gördüğüm kimsedir. Bunun isminin İbrahim KAYPAKKAYA olduğunu ilişkilerimden sonra esasen öğrenmiştim. Keza hazırlıkta göstermiş bulunduğunuz resimden de teşhis etmiştim. Sanığın örgütsel ilişkiler içerisinde İstanbul'da kullandığı takma adları Ahmet ve Musa olarak biliyorum. Sanığa atfen evvelki ifademi ve orada bahs ettiğim ilişkileri aynen tekrar ederim. Dedi.
Sanık İbrahim KAYPAKKAYA'ya soruldu:
Ben yüzleştirildiğim arkadaşı tanımıyorum. Kendi-

siyle örgütsel bir ilişkim olmadı. Musa ve Ahmet isimlerini de hiçbir zaman kullanmadım. Dedi.

Hamza OĞUZER'e tekrar SORULDU:

Ben huzurda bulunan İbrahim KAYPAKKAYA'yı Musa ve Ahmet takma adlarıyla İstanbul'daki örgütsel çalışmalar sırasında tanıdım. Bunda bir yanılgım ve tereddütüm yoktur. Dedi. Başka bir diyeceği olmadığını beyanla Cezaevi Müdürü P. Yb. Ahmet BALDOĞAN ve Cezaevinde görevli Top. Atğm. Mevlüt KARAASLAN huzuruyla tutulan iş bu yüzleştirme zaptına nihayet verilip birlikte imza altına alındı. 24.4.1973

... Sanık İbrahim KAYPAKKAYA'nın örgütsel ilişkileri ve özellikle Tunceli kesimi ile alakalı çalışmalar hakkında evvelce ifadesi alınan sanıkların beyanına ters düşer bir şekilde ifade verip Tunceli'ye dönük çalışmaları inkâr ettiğinden ve Hamza olmadığını ileri sürdüğünden sanıkla ilgili beyanı bulunan daha doğrusu Hamza ile ilgili beyanı bulunan Hayrettin İPEK'e gösterildi. Huzurda bulunan şahsı daha evvelce Hamza olarak ifade ettiği kişiye kat'i olarak benzetemiyorum. Fakat gözleri tamamen Hamza'ya benziyor, diğer tarafları ile pek benzetemedim. Daha doğrusu kat'i bir karara varamadım. Dedi. Bu mütereddit beyan karşısında sanık Hayrettin İPEK'e sanık İbrahim KAYPAKKAYA'yı yakından teşhis etmesi ve bu konuda budur veya değildir şeklinde kesin bir beyanda bulunması için düşünme fırsatı verildi. Daha sonra Hayrettin İPEK, evvelce Hamza olarak ifade ettiğim kişi budur, kesin yargıya vardım. Dedi. Hamza'ya ilişkin olarak 12. 2. 1973 tarihinde vermiş olduğum ifadede söylediğim şeyler huzurda bulunan bu şahısla alakalıdır. Dedi.

Sanık İbrahim KAYPAKKAYA'YA söz verildi. Ben daha

önce Tunceli'ye gitmedim. Bilinçlendirme çalışması
yapmadım. Bu husudaki eski ifademi tekrar ederim de-
di. Dolayısıyla huzurda bulunan Hayrettin İPEK'i de
tanımıyorum dedi. Hayrettin İPEK'den tekrar SORULDU:

Benim evvelki ifademde Hamza olarak ifade ettiğim
ve ilişkilerini anlattığım kişi huzurda bulunan kim-
sedir. Daha önce de bana göstermiştiniz, o zaman da
bunu Hamza olarak ifade etmiştim.

Ancak şimdi Hamza'nın sesi biraz daha değişmiş de-
di. Başka bir diyeceği olmadığını beyanla birlikte
tutulan iş bu ifade zaptı Cezaevi Müdürü P. Yb. Ah-
met Baldoğan ve cezaevinde görevli Top. Atğm. Mevlüt
Karaaslan huzuru ile tutularak birlikte imza altına
alındı. 24.4.1973

Sonuçta bu yüzleştirmelerde de İbo'nun ağzından diledikle-
ri ifadeyi alamamışlardı. Onunla yüzleştirilen tutuklular, o gün-
lerle ilgili duygularını ve şahiti oldukları olayları ve İbo'nun
aleyhinde ifade vermeye nasıl ve ne yöntemlerle zorlandıkları-
nı iddia makamında Yaşar Değerli'nin oturduğu mahkeme sa-
lonlarında da bir bir açıkladılar.

... Yan yana, upuzun
boylu boyunca
tepeden tırnağa kan
yiğitler ki
herbiri bir parça vatan
gözlerinde bir küfür kasırgası
ana avrat
ah ulan...

Ahmed Arif

Savcı Yaşar Değerli, İbo'yu sorguya aldığı günden Mayıs ayı başına kadar, gün be gün onun çevresinde dolandı. Sordu sordu... Olmadı... Soru sordu... Olmadı...

İbo bir gitti, bir geldi hücreliğin üç nolu gözünden işkencehaneye; bir gitti bir geldi... Yüreğini kaptırmadı. Düştü, kalktı; düştü, kalktı... Eğilmedi... Şubat ayı başından, Mayıs ayı başına kadar.

Sorgucular sürekli sordu; İbo sürekli aynı sözlerle yanıtladı onları. Başta belirlediği tutum ne ise sonuna kadar onda direndi. Bu süre içinde sorgucular sadece bir ifade alabildiler on-

90

dan. İbo başka söz söylemedi. Ne bir kişinin adı, ne bir kişiyle ortak eylem; ne de suçlamaların önünde dize geliş...

İbo verdiği bu tek ifadede düşüncelerindeki gelişim sürecini anlatmış; yurdu hakkındaki; yurdunun insanları, halkı hakkındaki kendi çözümlemelerini sıralamış, inandığı mücadele yöntemlerini sıralamış ve sözlerini şöyle tamamlamıştı:

... Sizin deyiminizle Şafak örgütünün İllegal organizasyonuna katılmadım. Bu devredeki çalışmalarımla ilgili herhangi bir şey söylemeyeceğim. Çalıştığımı söylememin şahsi sorumluluğum açısından yeterli olduğu görüşündeyim. Ben sormuş olduğunuz şekilde Malatya ve Tunceli bölgelerinde faaliyet göstermedim. Çalışma alanım buralar değildi; neresi olmadığını belirtmeyi yeterli görüyorum. Benim bahsettiğiniz TİİKP adlı örgütle hiçbir bağıntısı olmayan kişisel nitelikteki faaliyetlerim, Türkiye Komünist Partisi (Marksist- Leninist) ve Türkiye İşçi Köylü Kurtuluş Ordusu saflarına katılmama kadar sürmüştür. Sonradan katıldığım bu örgütlere ne zaman katıldığımı hatırlamıyorum. Ve beni bu örgütlere kimin aldığını söylemeyi de gereksiz buluyorum. TKP (ML) ve ona bağlı TİKKO örgütlerinin kimler tarafından kurulduğunu ve yönetildiğini bilmiyorum. Yalnız bu örgütlerin saflarına katıldığımı ve onların illegal üyesi ve taraflısı olduğumu saklamıyorum. Bu örgüt içersindeki çalışma yöntemim ve örgütün kuruluşuna esas olan düşünceler, bahsetmiş olduğunuz yazılarda geniş ölçüde yeralmaktadır. Özellikle Şafak Revizyonizmi Tezlerinin Eleştirisi, Milli Mesele, Kemalist İktidar Dönemi, İkinci Dünya Savaşı Yılları ve 27 Mayıs Hareketi, Kızıl Siyasi İktidar Öğretisini Doğru Kavrayalım; başlıklarını taşıyan ayrı ayrı uzun ve örgütün görüşlerini yansıtan tezleri ve düşünceleri kabul ediyorum. Bu başlıklar altındaki yazılara benim de görüşlerim

91

diye imzamı atmaya hazırım. Ben bu görüşler doğrultusunda devrimci mücadele vermek üzere 1973 Ocak ayı başlarında faşist güçler tarafından şehit edilen arkadaşım Ali Haydar Yıldız ile Tunceli'ye gelmiştim. Köylüleri devrim için, halk ihtilali için örgütlemek amacıyla köylere gitmiştik. Buradaki çalışmalarımız 24 Ocak 1973 günü kalmış olduğumuz Vartinik mezrasındaki kömün basılmasına kadar sürdü Ben buraya kadar anlattıklarımı samimiyetle inandığım Marksist- Leninist düşünce uğruna yaptım. Ve sonuçtan asla pişman değilim. Ben bu uğurda her türle neticeyi göze alarak ve can bedeli bir mücadeleyi öngörerek çalıştım ve neticede yakalandım. Asla pişman değilim dedi. (21 Nisan 1973) (TKP- ML- TİKKO- TMLGD Davaları klasör No: 3, Dosya No 1, Sıra No: 4)

12 Mart'tan bu yana binlerce kişiyi sorguya çekenleri; binlerce kişinin ifadesini alanları, İbo'nun bu tutumu şaşkına çevirmişti. 12 Mart'tan bu yana ellerine geçirdikleri insanlar içindeki "çetin ceviz"lerden birisiydi İbo. Ellerindeki kerpetenin gücü yetmiyordu İbo'nun, yüreğine, beyninin kıvrımlarına çakılı çelik çivilerle, çelik iradeyi sökmeye.

Elektrik yetmiyordu; karanlık mahzenler, açlık, susuzluk, zincirler, prangalar, kara bantlar, falakalar, tekmeler, yumruklar, odunlar, demir çubuklar, irade çözen ilaçlar, iğneler, tehditler... yetmiyordu.

Üstelik İbo sustukça, dağ-taş dilleniyor; hapisane koğuşlarında, yolda, kahvede, otobüste, köyde... umuda ve direnmeye dair kelimeler almış başını yürümüştü. Almış başını yürümüş ve gelmiş kapı eşiğine dek dayanmıştı.

Bunca insanı sorguya çekenler, İbo'nun karşısında yenik mi düşeceklerdi? Bunca insanı sorguya çekenler gün gelir mahkemeye çıkarsa, nasıl dinleyeceklerdi İbo'yu. Üstelik burada böyle susan, orada kim bilir neler söyleyecekti?

92

Mayıs ayı başlarıydı. Nisan ha devrildi, ha devrilecek. Hava ılınmaya başlamış; sadece sabahın alacasında, sisli saatlerde serinlik kalmıştı. Bir de akşam olup da, güneş batınca serine vuruyordu dünya. Yağmurun topraktan kaldırdığı hava, dağlardan kar yalayıp, esip gelen rüzgârla, kapı eşiklerinden, kilit deliklerinden, duvar diplerinden, İbo'nun hücresine dek uç veriyor, ciğerine değiyordu.

Nedense birkaç gündür hücresinden gelip götüren yoktu İbo'yu. Yemekten yemeğe kapısını açıp karavanasını veriyorlar, sonra kapayıp gidiyorlardı.

Bir defter bir kalem istemiş, onu da getirmişlerdi.

10-15 gün sürdü bu durum.

Savcı Yaşar Değerli'nin Diyarbakır'dan "büyük kente" gittiği duyuldu.

Nisan'ın son iki gün ve Mayıs'ın ilk günlerinde, yani işkencesiz, sorgusuz, sualsiz geçen bugünlerde İbo biraz dirildi. Soluklandı.

"Herhalde sorgulamalar tamamlandı," diye düşünüyordu kendi kendine.

"Harita Metot" defterine notlar düşüyordu. Savunma taslağı hazırlamaya koyulmuştu. Savunması için okuması gereken kitapları, sürmekte olan davaların dosyalarını, suçlandığı olaylara değin malzemelerin listesini ve savunmasında üzerinde önemle duracağı noktaları bir bir not ediyordu.

Mahkemede uzun bir siyasi savunma yapmayı tasarlıyordu. Sadece taslakla ilgili notları sayfaları tutmuştu.

Hücreden çıkarılıp, cezaevine, arkadaşları yanına götürüleceği günü sabırsızlıkla bekliyordu.

Dünyada, yurdunda, olan bitenden aylardır habersizdi. Bir bunun için meraktan kıvranıyor, bir de bütün bu notlarını tuttuğu listenin kendisine verilip verilmeyeceğinin merakını çekiyordu.

Kareli "Harita Metot" defterinin kapağındaki soruları şöyle yanıtlamıştı:

93

Okulu: Diyarbakır.
Adı Soyadı: İbrahim Kaypakkaya, Sıkıyönetim Tutukevi

Ve ilk sayfadan itibaren "Savunma Taslağı"nın notları başlıyordu. Sayfalar boyu sürüp gidiyordu bu notlar. İbo sürekli olarak yazıyordu bugünlerde.

"9 Mayıs öncesi" diye tarih düştüğü bir sayfada "Babamdan Öğreneceklerim" diye bir liste çıkarmış, eski davalarıyla ilgili bilgileri not etmişti. O bilgileri kimlerden edinebileceklerini yazıyordu babasına. Kiminin altına o dönemde "Çapa İlk Öğretmen Okulu'nda devrimci mücadele" denilince akla ilk gelen kişilerden olan Salman Kaya'yı yazmış; kiminin altına Mustafa Çoban, Halit Koçer, kiminin altına Avukat Alp Kuran, Avukat İbrahim Türk yazmıştı.

Kendini bütünüyle "Savunma Taslağını" hazırlamaya vermişti artık. Savunmasını hazırlama duyarlığıyla donandıkça, derinleşiyor, defterine şiirler yazıyordu. Defterine o günlerinde yazdığı bir şiiri şöyleydi:

DEVRİM İÇİN HER ZAMAN ÖLECEKLER BULUNUR

... gider ... gider, nice koçyiğitler gider
Senin de içinde bir oğulun varsa çok değildir

Ey mavi gök! Ey yağız yer bilesin ki
Yüreğimiz kabına sığmamakta
Örsle Çekiç arasında yoğrulduk
Hıncımız derya gibi kabarmakta

Bir başka sayfada ise şu dörtlüğü yazmıştı İbo:

Demiri de, kömürü de sökeriz amman
Buğdayı da, pirinci de ekeriz amman
Faşizme içimizden kan damlayan kılıcız
Bir gün gelir kinimizi dökeriz amman

94

... Canımın gizlisinde bir can idin ki
Kan değil, sevdamız akardı geceye
Sıktıkça cellâd,
Kemendi...

Duymak
Gözlerinde duymak üç-ağaçları
Susmak,
Gözlerinde susmak,
Ustura gibi...
Gözlerin hani?

Ahmed Arif

Günler, haftalar, aylar geçmişti, fakat Ali Kaypakkaya, oğlunun ağzından çıkan bir ses, kaleminden dökülmüş bir sözcük duymamış, görmemişti. Sadece kulaktan kulağa dolaşan fısıltılarla onu düşünüyordu. Kimi "kurtulmaz" diyordu, kimi "onu asarlar" diyordu, kimi "hücreden bir çıksa gerisi kolay" diyordu... Ali Kaypakkaya'nın tek isteği uzaktan da olsa İbo'yu bir kez görebilmekti. Hiç olmazsa, sesini duysun ya da mektubunu alsın, buna bile razıydı. Onunla ilgili umudu böylece sağlamlaşacak, rahatlayacaktı.

İbo bu döneminde babasına bir mektup yazmıştı. Mektup Ali Kaypakkaya'nın eline geçmemişti. İbo bu olasılığı düşünerek ikinci bir mektup yazmıştı babasına. İbo bu mektubunda şöyle diyordu:

Kıymetli Babacığım

Belki duymuşsundur. 24 Ocak'ta Tunceli'de jandarmalar tarafından yaralandım. Beş gün sonra yakalandım... Şimdi Diyarbakır Tutukevi'ndeyim. Kurşun yaralarım tamamen iyileşti. Sakın üzülmeyin... Konu, komşu, akrabalar merak etmesinler. Çoktandır sizlerle görüşemedik. Bu arada evde neler olduğunu bilmiyorum. Siz asîl işçi oldunuz mu? Çocukların okul durumu nasıl ve hangi okuldalar? Anamın ve ebemin durumları nasıl? Bildirirseniz memnun olurum.

Size bundan önce bir mektup göndermiştim. Fakat dalgınlıkla üzerine adresi yanlış yazmıştım. Muhakkak elinize geçmedi. O mektupta bazı ihtiyaçlarımı yazmıştım. Sizin perişan bütçenize yük oluyorum ama kusura bakmayın. Üzerimde işe yarar hiçbir şey, hiçbir elbise yok. Bana iç çamaşır, mintan, ceket, pantalon, ayakkabı, göndermeni diliyorum. Ceket, pantalon, ayakkabının parasını göndersiniz daha iyi olur. Ayrıca bir saat ve bir miktar para, ne kadar gönderebilirseniz, çok memnun olurum. Saatsizliğin çok sıkıntısını çekiyorum.

Selam eder ellerinizden öperim. Bütün çocukların ayrı ayrı gözlerinden öperim.

Siz buraya gelmeye asla kalkışmayın. Görüşmemiz imkânsızdır. Göndereceklerinizi posta ile gönderin. Ve dediğim gibi de benim için asla merak etmeyin. Ve üzülmeyin. Olanların hiçbir önemi yoktur.

Hoşça kalın
Oğlunuz İbrahim Kaypakkaya

Bu Ali Kaypakkaya'nın, İbo'dan aldığı ilk mektup, onun ağzından, kaleminden ulaşan ilk haberdi. Mektup bir anda içini ferahlatmıştı. Oğlunun yazısına, yazdıklarına çevirip çevirip bakmıştı. Baktıkça heyecanlanmıştı. Sonunda aynı heyecanla çarşıya çıktı. Neyi var neyi yok verip bir kat elbise, 2 çift çorap, 1 kol saati, gömlek ve iç çamaşırı aldı.

Sonra düşündü, düşündü ve Diyarbakır'a kendisi götürmeye karar verdi İbo'nun "gelme, görüşemeyiz, postayla yolla" demesine karşın, Ali Kaypakkaya yine de umuda bir açık kapı bırakmıştı.

Otobüsü Diyarbakır'a doğru yol alırken arkasındaki sırada oturan iki sivilin konuşmalarından, bunların resmi olduklarını ve sıkıyönetim görevlileri olarak Diyarbakır'a gittiklerini çıkarmıştı.

Onlara dönerek, kendisinin de Diyarbakır'a, sıkıyönetime gittiğini söylemişti. Belki bir yol dostluğu kurar ve oğlunu, görebilmesi için yardımlarını alır diye tasarlıyordu.

"İbrahim Kaypakkaya" adını duyar duymaz, arkadaki sırada oturanların, orta boyun uzunu, esmer ve yapılı olanı birden Ali Kaypakkaya'ya sinirlenmiş ve "İbrahim eline geçmeyecek" diye bağırmıştı.

Ali Kaypakkaya aralarındaki konuşmalardan adının "Fehmi" olduğunu duyduğu bu adama, "Niye beyefendi, idam mı edilecek?" diye sormuş, adam da, "Bana daha fazla soru sorma, daha da sokulma, dön önüne, İbrahim eline sağ geçmeyecek işte o kadar..." diye kesip atmıştı konuşmayı.

Sıkıyönetimde görevli esmer, orta boyun uzunu, yapılı ve adı "Fehmi" olan bu adamın, kesin bir edayla böyle konuşması Ali Kaypakkaya'yı sinirlendirmişti fakat, adamlara bulaşırsa oğlunu göremeyeceği tedirginliğiyle kendini tutmuştu.

Bütün yol boyunca bu adamın neye dayanarak böyle konuştuğunu düşündü durdu. Kulağını kabarttı fakat arkasındaki iki adam seyrek ve alçak sesle konuşuyorlardı artık.

Ali Kaypakkaya Diyarbakır'a inince doğru Sıkıyönetim Komutanlığına gitti. Yine aynı yerde adının Ahmet olduğunu öğrendiği bir yarbay Ali Kaypakkaya'ya "soruşturmanın daha tamamlanmamış" olduğunu bildirmiş, "görüşmeniz olanaksız" demişti.

Oğluyla görüşme izni için başvurduğu yerde "Ali" adında bir üsteğmen, yine Kerküklü bir üsteğmen ve Mevlüt Arslan adında İlahiyat Fakültesi mezunu bir teğmen vardı. Konuşmalarından Mevlüt Arslan, Ali Kaypakkaya'nın Alevi olduğunu anlamış ve yekten, "Siz Ali'ye Allah dersiniz, her melânet sizin başınızın altından çıkıyor" diyerek sövüp, saymıştı.

Ali Kaypakkaya, "Benim çocuğum insanları biz siz diye ayırmaz; bu dava mezhep davası değil..." diye söylenecek olduysa da Mevlüt Arslan, ağzına ne geldiyse sıraiamıştı.

O ara adı Ali olan üsteğmen ortalığı yatıştırmak için kalkıp Ali Kaypakkaya'ya susmasını söylemiş, "Dövüş başlarsa ayırmam," demişti.

Ali Kaypakkaya da, "Ben kimim ki, eninde sonunda bir suçlunun babasıyım, bağırın..." diye sözü tamamlamış, oğluna getirdiği eşyaları vermeleri için onlara uzatmıştı.

Görevliler eşyaları almadılar. "Elden veremeyiz, postayla yolla," dediler. Sonra, "İstersen kendisine bir not yaz, onu verelim," dediler.

Ali Kaypakkaya bir kâğıt çıkarıp oğluna bir şeyler yazmaya başladı. Diğerleri de onun yazdıklarını okuyordu.

"Oğlum," diye yazmıştı, "zamanında aramızda bir hayli çatışma çıkmıştı. Şimdi buradasın. Bu senin idealin sonucunda olduğuna göre, üzülme..."

Yazdığı notun tam burasına geldiği zaman kestiler. "Bu kelimelerle yazamazsın, cesaret veriyorsun, cesaret vermek yasaktır; annen iyi, ben iyiyim, görüşmek mümkün olmadı gibi şeyler yaz..." dediler.

Sıradan bir not yazıp verdi o da.

Sonra Ali Kaypakkaya'ya hangi otelde kalacağını sordular. "Diyarbakır'da kalmayacağım," diye yanıtlayıp ayrıldı oradan.

Şehre çıktıktan sonra da üzüldü. İkirciklendi.

"Acaba bu gece kalacağım deseydim, daha mı hayırlı olurdu; imanlı biri bir mektup mu getirecekti, bunun için mi sormuşlardı; yoksa bir oyuna düşürüp tevkif mi edeceklerdi?.." diye düşündü durdu.

Yol boyunca aynı düşünceyle içini yedi.

Eşyaları ancak eve dönüp, ertesi gün postaya verdi. Bir de mektup yolladı İbo'ya.

... Soruyorum;
kalaslara bağlanarak bir adam kırbaçlanırken
ve hurdhaş edilirken beyni
ve yumruklar ve yumruklar ve yumruklar
ve cam kırıklarıyla dolduran gırtlağından
dökülürken inildeyen kelimeler
aradıkları neydi,
neden ilgilendiriyordu katilleri
inildeyen ama yılmayan şeyler...

Nihat Behram

27 Nisan 1973 Cuma gününü Cumartesi'ye bağlayan gece saat 22. 30 sularında, İbo'nun üç numaralı gözünde yattığı, Diyarbakır Sıkıyönetim Tutukevi'nin hücreliklerine birkaç tutuklu daha getirildi. Her biri ayrı ayrı hücrelere kilitlendi.

İbo hücresinde kulak kabartıp, dışardaki gürültüleri dinlemişti.

Aylardır kapalı olduğu bu avuç içi kadar çukurda, dışardan gelen seslerden neyin ne olduğunu anlamakta ustalaşmıştı.

Gelen tutuklulardan birisi kendilerini hücreliğe getiren asteğmenden sigara istemiş, İbo sesinden onu hemen tanımıştı. Gecenin bu saatinde böyle bir dünyada bu ses İbo'ya bir dost sıcaklığı iletmişti.

Nöbetçilerin gelenlerle ilgili işlemleri bitirişinden bir süre sonra İbo hücresinden "Enternasyonal" marşını söylemeye başladı. Marşı bitirdikten bir süre sonra bu kez "Mustafa Suphi" marşını söylemeye başladı.

Böylece hem hücrelere yeni gelmiş ve her an işkenceye götürülmeyi bekleyen arkadaşlarını cesaretlendirmek, hem de kendisinin orada ve sağlığının yerinde olduğunu duyurmak istiyordu.

Hücrelerdekilerin hiçbirini uyku tutmuyordu. Onlar İbo'yu, İbo onları düşünüyordu.

Gece yarısından sonra İbo, "Nereden geldiniz? Kimler var içinizde?" diye seslendi.

Yeni gelenler İbo'nun sorularını yanıtsız bıraktılar. Daha sorguya gitmemiş olduklarını düşünüp, İbo'ya adlarını söylemeyi sakıncalı bulmuşlardı. İbo'da durumu anlamış, fazla üstelememiş, tekrar marş söylemeye, onları cesaretlendirmeye başlamıştı.

Sonra nöbetçiler gelip İbo'yu susturdular.

Diğer hücrelere getirilen Hasan Zengin, Kaya Bozoklar, Celal Bozatlı, Mehmet Altınbaş, Hamza Kılınç, Vakkas Yağşu ve Celal Deniz'e de nöbetçiler "en ufak bir ses çıkarmamalarını" ihtar ettiler.

28 Nisan sabahı saat 8'de İbo'nun üç nolu hücresi hariç diğerlerinin kapılarını açtılar. İhtiyaçlarını gidermelerini söylediler. Sonra sırayla saçları kesildi. Fotoğrafları çekildi. Tekrar hücrelerine sokulup, kapıları kilitlendi. Ve hücrelerinin deliğinden dışarı bakmamaları istendi.

Ve İbo'nun hücre kapısını açtılar. Yemeğini içeriye verdiler.

Öğlen olunca, diğer hücreler yine sırayla açılarak, tutukluları, tuvalet ihtiyaçlarını gidermeleri için dışarıya çıkardılar.

Hasan tuvaletten dönerken gecikmiş ve önünden geçerken

üç nolu hücrenin kapı deliğinden içeriye bakmıştı. İbo ranzasına bağlı bir durumda, aynı deliğe bakıyordu. Göz göze geldiler. Pijama giyinmişti. Sırtında kahverengi-gri, yırtık bir ceket vardı.

Hasan, İbo'yla bakışmış ve beklemeden kendi hücresine doğru yürümüştü.

Sonra sırayla aynı yöntemi uygulayıp o gün diğer tutuklular da İbo'yla göz göze geldiler ve onu gördüler.

Akşamüstü saat 16.30 sularında nöbetçiler diğer tutuklulara, "Hazırlanın, gidiyorsunuz," dediler. Götürülme vakitleri gelmişti.

İbo bu çağrıyı duyunca hücresinden "Arkadaşlar!" diye bağırmaya başlamıştı; "Hiçbir şey konuşmayın, iradenize sahip olun, gerekirse ananızın adını dahi söylemeyin, sizleri işkenceye götürüyorlar, faşistlere devrimcilerin nasıl kararlı olduğunu kanıtlayın..."

Ve İbo'nun hücresine üşüşüp, onu susturdular.

Gidenlerin kulaklarında yol boyunca İbo'nun sesi çınladı.

"L" harfi görünümündeki bir binadan çıkarılmışlar, çakıl taşlarıyla süslenmiş bir bahçeden geçirilmişlerdi. Tutuklulardan birinin gözlerindeki bant gevşek olduğu için çevresini görebiliyordu.

İki-üç dakika burada yürümüşlerdi. Sonra üzerinde "Ziya Gökalp Caddesi" yazılı bir levha görmüştü. İşkence evi buradaydı.

Tutuklulardan birinin, götürüldüğü bir odada kulağına bir konuşma çalınmıştı.

"Yaşar Bey İstanbul'a gitmiş, İbrahim'le ilgili olarak görüşme yapacakmış..." diyordu konuşanlardan biri. Diğeri şöyle sürdürüyordu konuşmayı:

"Hep bununla mı uğraşacağız, konuşmuyorsa temizlemeli..."

İşkenceye götürülen tutukluların bir kısmı sorgularından sonra 1 Mayıs'ta işkence evinden Büyük Tutukevi'ne alındılar.

Hücreliklerde gördüklerini orada arkadaşlarına anlattılar. İbo'dan haberler ilettiler. Söylediği marşlardan söz ettiler. Neşeli ve sağlığının yerinde olduğunu söylediler. Bütün dava arkadaşları o günlerde sadece İbo'yu düşünüyorlardı. Davanın hemen hemen bütün sanıkları hücrelerden işkencelerden geçmiş ve tutuklanıp cezaevine gelmişlerdi, fakat İbo'yu bir türlü soktukları dehlizden çıkarmıyor, yüzünü kimseye göstermiyor, tutukevine getirmiyorlardı.

Tutukevindeki arkadaşları sık sık tutukevi yönetimine başvuruyor ve İbo'yu soruyorlar fakat soruları hep yanıtsız bırakılıyordu.

Hücrelikten işkenceye götürülen tutuklulardan birisi tekrar hücreliğe getirilip 8 nolu göze kilitlenmişti.

Hücrelikte koridoru bekleyen nöbetçilerden birinin adı "Paşa" idi. Adıyaman'ın Besni ilçesi'nin Çakallar Aşiretine mensup, Türktepe semtinde oturuyordu. Diğer bir nöbetçinin adı Hüseyin Aksoy idi. Gaziantep'in Kilis kazası'nın Elbahan köyünde oturuyordu. Çavuştu.

İbo bu günlerde sürekli olarak kareli defterine bir şeyler yazıyordu.

İşkenceler kesileli beri sürekli olarak düşünüyor ve notlar tutuyordu.

Böyle bir günde babasından gelen bir mektubu verdiler. Babası şunları yazmıştı mektubunda:

Sevgili oğlum, selam ve sevgilerimle gözlerinden öper cenabı allahtan sağlıklar dilerim.

Fabrika adresine gönderdiğin mektubu aldım. Bakkal Bedri eliyle gönderdiğin mektubu almadım. Görüşme müsadesi verildiği zaman, ben yazarım diyorsun. O zamana kadar gelmiyeceğim. Bu arada görüşme müsadesinden önce ihtiyaçların olursa, gelmemizi beklemeden yaz. Danıştay'a açtığım davanın savunmasını istiyorlar. Yarın ayrı bir mektupla gelen tebliği de göndereceğim, savunmanı ona göre yaparsın. İstanbul Yüksek Öğret-

men Okulu Müdürlüğü'ne de savunmanın Diyarbakır Sıkıyönetim Tutuk evindeki oğlum İbrahim Kaypakkaya'dan istenmesini, bir dilekçeyle bildirdim. Anlaşıldığına göre, okul müdürlüğü davayı kaybetmiş olacak ki savunmanızı aldıktan sonra okula çağırdık gelmedi diye arkadan tazminat davası açacaklar. Sizin de hapiste olduğunuzu bildikleri için yeni yeni problemler düşünüyorlar.

Eben, annen, selamla gözlerinden öperler.

Haydar, Sultan, Feride, Hakkı, Alekber, Elif selam eder ellerinden öperler. Galip Özdemir ve Pire Mehmet'de selam ederler. Bizim için merak etme, rahatımız iyidir. Senden başka düşüncemiz yoktur. Sevgili oğlum mektuba son verirken tekrar selam eder gözlerinden öperim. Allaha emanet olasın. Not: Yapılan tebliğin ayın 15'inde (15 Nisanda) savunması yapılmış olacakken bize 18'inde geldi. Son."

Babasının sağlık haberleri dolu mektubu İbo'yu sevindirmişti. Bir ihtiyaç listesi çıkararak babasına yollamayı düşünüyordu. Onun notlarını tutuyordu. "Artık işkenceler son bulduğuna göre görüşebiliriz" diye babasını çağırmayı tasarlıyordu.

Bu mayıs günlerinde artık İbo umut içinde hücreden çıkacağı ânı bekliyordu.

... Nasıl kavramasın, sarmasın kendi kendini
Yalana ve zindana karşı
Gözyaşına nefes veren ışıltı, muradı yaşamasın...
Çünkü kapılar sürgülenmiş; küfre tekmeye alışkın gardiyanlar
Atardamarları kilitli: Donuk... İsli... Sevimsiz...
Çünkü el tutuşmak, kucaklaşmak yasak,
Denkler, fileler didik didik aranıyor,
Haberler dil ucunda bıçak yemiş, onur zedeli...
Çünkü kayalıklar üstünde kaygan yosunlar gibi
Kuşatmışlar sevinçli kelimeleri
Çünkü sevgili bir dileğin, kardeşliğin
Gencecik ve utangaç öpüşleri
Tekmeler, postallar altında,
Hünerin, bağlılığın çevresine kir birikmiş;
Erdem kan içinde, işkence odalarında...

Nihat Behram

Derken, babasının okuluyla ilgili olarak, mektubunda sözünü ettiği yazı da geldi. Nöbetçiler hücresine gelerek yazıyı ona verdiler.

Onun yakalanmış ve tutuklanmış olduğunu öğrenen okul yöneticileri de "yeni yeni problemler" düşünmekteydi İbo için. 520. 643 sayılı ve Müdür Turan Binici imzalı yazıda, İbo'nun eski günlerinin "karınca kararınca" hesabı soruluyordu. Belli ki okul yönetimi de sıkıyönetimin çorbasında tuzu olsun istemişti.

Şöyle yazmışlardı ilgililere;

Sıkı Yönetim Komutanlığına

Diyarbakır

Okulumuz Fizik - Matematik bölümü eski öğrencilerden İbrahim Kaypakkaya 31 Ocak 1973 günü, Tunceli'nin Seyithan köyü civarında güvenlik kuvvetleri ile çarpışmış yaralı olarak ele geçirilmiş ve anarşist olaylara fiilen katıldığından komutanlığınızca tutuklu bulunduğu anlaşılmıştır.

Daha önce de okulumuzda çıkan olaylara da adı karışan İbrahim Kaypakkaya hakkında Disiplin kurulunca bir karar verilebilmesi için eklice sunulan ifadelerin adı geçen İ. Kaypakkaya tarafından cevaplandırılması gereği hasıl olmuştur.

Gönderilen yazının İbo'yla ilgili bölümü ise şöyleydi:

Okulunuzda 1968-1969 ders yılında öğrenciyken, okul disiplin yönetmeliğine aykırı olarak işlemiş olduğunuz suçlar aşağıya çıkarılmıştır. Savunmanızı 15 Mayıs 1973 tarihine kadar okulumuz müdürlüğüne göndermenizi ehemmiyetle rica ederim.

Açıklanması istenilen olaylar:

1- 18.7.1968 tarihinde okulun önünde idareden izinsiz ekteki fikir kulübü adına bildiri dağıttığınız.

2- "Size haberi ulaştıran güvercin -yön değiştir-
mek- okul idarecilerini taraf tutmakla itham etmek.
Yöneticiler şunu iyi bilsinler ki tarihin haklarında
verecekleri yargıdan kurtulamıyacaklardır. Ameri-
kan Altıncı Filosu demir attı" gibi sözlerin tarafı-
nızdan söylendiği.

3- 12/ 10/ 1969 tarihinde okulun giriş kapısında
meydana gelen kavgada bulunduğunuz ve camların kı-
rıldığı ve birçok öğrencinin yaralanmasına sebep ol-
duğunuz daha önceki disiplin kurulu tutanaklarından
anlaşılmıştır.

Savunmanızı yapınız.

İbo "idamla" yargılanmanın eşiğinde, okul yönetimi tarafın-
dan kendisine yollanan yazıyla ve okul yöneticilerini büyük bir
şevkle meşgul eden soruşturmayla ilgili olarak hücresinde def-
terine bir savunma yazdı.

Okul yöneticilerine yollamak üzere yazdığı bu savunmada
(özetle) şunları söylüyordu:

*...: Sözkonusu bildiriyle ilgili olarak okul disiplin kurulundaki
yazılı savunmada hakkımda ileri sürülen suçlamalara gereken
cevabı verdim. Disiplin kurulu beni ve kurucu diğer dokuz arka-
daşı, okul içinde bildiri dağıtmaktan değil, okul yönetiminden
izinsiz fikir kulübü kurmaktan sorguladı. Çünkü bildiriyi biz Yük-
sek Öğretmen Okulu'nda değil Fen ve Edebiyat Fakültelerinde
dağıtmıştık. Okul içinde faaliyet göstermemiz yasaklandığı için,
okul dışında çalışıyorduk. Okulda izinsiz fikir kulübü kurmuş ol-
mamıza gelince, bize bu hakkı, Anayasa ve Cemiyetler Kanunu
tanıyordu. Kimseden izin almaksızın dernek kurma ve bir derne-
ğe üye olma hakkımızı, kanunların bize tanıdığı bu hakkı kul-
landık. Disiplin Kurulunda yaptığım yazılı savunmanın dosyada
bulunması gerekir. Aynı savunmayı bu gün de tekrar ediyorum...
1968-69 Ders yılında, okuldan tamamen uzaklaştırılmış bulu-*

nuyordum. Hatta Millî Eğitim Bakanlığı'ndan henüz tasdik kararı gelmediği bir sırada, öğrencilere verilen 600 liralık elbise parası, okulun öğrencisi olmadığım gerekçesiyle bana ödenmedi. Dolayısıyle suç diye sıraladığınız şeyleri "1968-69 yılında öğrenciyken işlemiş" olmama fiilen imkân yoktur. Danıştay'dan yürütmeyi durdurma kararı aldığım halde, yine de okula alınmadım. Danıştay'ın diğer dokuz arkadaş hakkındaki yürütmeyi durdurma kararı uygulandığı halde benim hakkımdaki karar uygulanmadı. Onlar Danıştay kararını çiğnemekte ısrar ettiler. Bunun üzerine ben de haklarında yeni bir dava, tazminat davası açtım.

... Size haberi ulaştıran güvercin sözü, bildirileri okul içinde dağıtmadığım halde, beni okul içinde bildiri dağıttı diye ihbar eden yalancı, iftiracı muhbirlerle ilgilidir.

Okul yöneticilerinin "yön değiştirdikleri" de bir gerçektir. Çünkü okul yöneticileri, önce 6. Filoyu protesto ettiğimiz için bizi cezalandırmak istedikleri halde sonradan 6. Filonun Boğaz'da demirlemesini savunmaktan biraz sıkılmış olacaklar ki, bundan vaz geçtiler ve bizi okul içinde bildiri dağıtmaktan sorguladılar.

... O günkü "okul yöneticilerinin taraf tuttukları" da bir gerçektir. Okul içinde hertürlü gerici, halk düşmanı, şeriyatçı ve faşizmi savunan yayınlar, (Hitler'in Kavgam kitabı da dahil) serbestçe sergileniyor ve dağıtılıyor. Öte yandan yasak olmayan, piyasada serbestçe satılan bir kısım devrimci yayınlar okula dahi sokulmuyordu. Ülkü Ocaklarına ve Mücadele Birlikleri'ne mensup öğrencilerle okul idaresi el ele idi. Fikir kulüplerine mensup veya sempatizan öğrenciler ise sonu gelmez baskılar altında ezilmeye, sindirilmeye, susturulmaya çalışılıyordu.

... "Yöneticiler şunu iyi bilsinler ki, tarihin haklarında vereceği yargıdan kurtulamayacaklardır." demiştim. Anayasanın ve Cemiyetler Kanununun bize tanıdığı demokratik hakları çiğneyenler elbette tarihin haklarında vereceği yargıdan kurtulamayacaklardır.

Amerikan emperyalizminin Orta Doğu'daki ve Türkiye'deki menfaatlarının bekçiliğini yapan, halkımızı ve ülkemizi tehdit

eden 6. Filoyu neredeyse ellerinde çiçek buketleriyle karşılama-
ya kalkışanlar, Amerikan erlerinin gönüllü pezevenkliğini üstle-
nenler elbette tarihin haklarında vereceği yargıdan yakalarını
kurtaramayacaklardır. 6. Filoyu protesto ettiğimiz için bizi oku-
lumuzdan kovdurmaya çalışanlar elbette tarihin haklarında ve-
receği yargıdan kurtulamayacaklardır. Haklı insanlar, halktan
yana kişiler tarihin yargısından asla korkmazlar. Yukardaki sö-
zümüzden ancak yarası olanlar gocunur.

Okulumuzu basanlar, camları, çerçeveleri kıranlar birçok öğ-
rencinin yaralanmasına sebep olanlar, birçok öğrenciyi okuldan
dışarı atanlar, okula Ülkü Ocakları'na ve Mücadele Birlikleri'ne
mensup yabancı kimseleri dolduranlar okulu bir silah deposu
haline getirenler, halkımızın düşmanı, bağımsızlığımızın düşma-
nı, faşist ve şeriatçı kimselerdir. Sorularınızı bana değil, onlara
sormanız gerekir...

İbo hücresinde, kareli harita metot defterine, okul yönetici-
lerine göndermek üzere, uzun uzun böyle notlar yazdı.

1973 Mayıs'ının böyle ilk günlerinden birisiydi. İbo yine
hücresinde kalemi, defteri ve düşünceleriyle baş başaydı.

Hücrelikte bir koşuşma duyuldu. MİT'teki sorgusundan dö-
nen ve 8 numaralı hücreye kapatılmış olan İbo'nun tutuklu ar-
kadaşı hücresinin deliğinden dışarıya baktığında, koridorda
bir yüzbaşı gördü. Nöbetçilerin fısıltılarından "Sıkıyönetim
Savcısı" sözü kulağına ilişti. Adamın başı saçsızdı. O hücreliğe
geldiğinde İbo'yla bir şeyler konuşmuş, sonra birden bire ba-
ğırmaya başlamıştı.

"Sen bir sürünün çobanısın, çoban ölür ve sürüyü de kurt
kapar..." diye bağırıyordu. İbo ise hücresinden kesik kesik ve
net bir sesle "Ben bir neferim!" diye bağırarak karşılık vermiş-
ti; "Baş olsam da öldürülsem bile, binlercesi çıkar; ne senden
ne de senin gibilerden korkmuyorum..."

Adam bu sözler üzerine İbo'nun kapısını hızla çarparak ka-
patmış ve çekip gitmişti...

... Gerçi gece uzun,
Gece karanlık,
Ama bütün korkulardan uzak.
Bir sevdadır böylesine yaşamak,
Tek başına
Ölüme bir soluk kala,
Tek başına
Zindanda yatarken bile,
Asla yalnız kalmamak...

Ahmed Arif

8 Mayıs günüydü. İbo nöbetçi ere yıkanmak istediğini bildirmiş, izin almasını söylemişti. Artık boğulacak kadar kirlenmişti. Nöbetçi er bir süre sonra gelerek, İbo'ya yıkanabileceğini söyledi.

Bir ilkel ocak, bir kova su ve bir parça sabun getirerek 1 nolu hücreyi İbo'nun yıkanması için hazırladılar. Nöbetçi er İbo yıkanırken kendisine yardım etmesi için 8 nolu hücredeki arkadaşını da dışarı çıkardı. Daha sonra İbo hücresinden çıkarılıp 1 nolu hücreye getirildi. İbo orada 8 nolu hücreden getirilen arkadaşını görünce çok sevindi ve onunla hasretle kucaklaştı. Bir süre sessiz sessiz baktı ona.

Arkadaşı da onun hücresinden çıkarılıp getirilişini heyecanla izlemişti. Bu dağ gibi yiğit, şimdi aksayarak, bebeler gibi yürüyordu. Sağ ayağı, tam ortasından, sol ayağıysa parmakları dibinden biçilmişti. Sadece sol ayağında bir tek serçe parmağı duruyordu. Aylardır karyolaya bağlı olarak yatmaktan gövdesi şişmişti. Özellikle sol bileğinde bağın izi iyice yer etmişti. Fakat İbo'nun başı dimdikti ve gözlerinin içi gülümsüyordu.

Nöbetçi er ve arkadaşı İbo yıkanırken ona yardım ettiler. İbo yıkandıktan sonra arkadaşıyla sohbet ede ede, ağır ağır çamaşırlarını ve ceketini giyindi.

Arkadaşına "birkaç gündür sağlığının iyi olduğunu, işkence yapılmadığını, savunmasını hazırladığını, hücreden çıkarılacağı günü beklediğini" söylüyordu.

9 Mayıs günü babasına bir mektup yazarak umutla "mahkemeye hazırlandığını, sağlığının yerinde olduğunu" söylemiş ve ondan savunmaları için eski olaylara değin bilgi içeren malzemeler istemişti. İstediği malzemeleri kimlerden bulabileceğini, avukatlarının adlarını da bir bir yazmıştı.

11 Mayıs günü hücredeki nöbetçiler, 8 nolu hücrede yatan tutukluya tahliye haberini getirdiler. Hücresinden çıkardılar. O gitmeden İbo ile vedalaşmak istediğini bildirmiş, nöbetçiler de bu isteği kabul etmişlerdi.

İbo'nun hücresini açarak, iki arkadaşı bir araya getirdiler. Kucaklaştılar. İbo arkadaşından 42 numaralı ayakkabı ve elbise istedi. "Memleketine gidince gönderirsin" diyordu.

Sonra arkadaşı cebindeki bütün parasını çıkarıp İbo'ya verdi. İbo paraların içinden 50 lirasını tekrar arkadaşına verip "Yolda gerekir" demişti.

Bu ara nöbetçiler "kısa kesmeleri" ihtarında bulundular. İki arkadaş kucaklaşıp vedalaştılar ve İbo tekrar hücresine alınıp kapısı kilitlendi.

Arkadaşının hücrelikten çıkışı İbo'nun da içinde ışıldamış, bu karanlık dehlizden çıkma umudunu daha da tazelemişti.

İbo'nun Mayıs'ın ikinci haftasında yazdığı umut dolu bu mektup evinde de sevinçli anlar yaşatmış, babası, analığı, kardeşleri defalarca çevirip çevirip okumuşlardı.

Oğlunun umut dolu mektubunu alır almaz, elinin yettiğince istediği malzemeleri toplayıp 19 Mayıs günü Diyarbakır'ın yolunu tutan Ali Kaypakkaya, otobüs Diyarbakır'a yaklaşırken daha da heyecanlanıyor, içi içini yiyordu.

Ceplerini yokluyor, oğlunun istediği malzemeleri, ona götürdüğü bildirileri kontrol ediyordu.

Radyodan İbo'nun yakalanış haberini dinlediği Ocak'ın son gününden, Mayıs'ın şu gününe dek her günü, her saniyesi boğuntu içinde geçmişti. İşte şimdi onu göreceği gün gelip çatmıştı. İbo'nun "Sorgular son buldu artık görüşebiliriz" diye ilettiği haber Ali Kaypakkaya'nın yüreğinde oğlunu görebilme umudunu daha da güçlendirmişti.

19 Mayıs gecesi Ankara'dan bindiği otobüs, geceyi yarmış geçmiş, bir ışık noktası olarak döne döne kayıp, bir bahar sabahı serinliğinde, Diyarbakır'ın göğsüne sokulmuş, yaylanıp durmuştu. Ali Kaypakkaya garajdan hemen "sıkıyönetime" gitti. Sabırsızlanıyordu.

"Görüşme saatine daha var" dediler. Ali Kaypakkaya sabrını yenememiş, telefon etmek istemişti. Oğlunun bir an önce halini hatırını "telefonla" sormak dileğine de olumsuz yanıt verdiler. Saat dokuza dek beklemesi gerektiğini söylediler.

Saat dokuz olduğunda görüşmecilerin kimliklerini sordular. İçeri aldılar. İçerde yeniden kimlik kontrolü yaptılar.

Ali Kaypakkaya görüşmecileri getirdikleri yerde beklerken nöbetçilerden birisi gelerek, "Oğlunla yine görüşemeyeceksin," demiş; bu söz onun beyninde kurşun gibi çakmıştı.

"Niye görüşemeyecekmişim, işte mektubu var, kendisi çağırıyor, gel görüşebiliriz diyor, siz hâlâ görüşmemizi engelliyorsunuz..." diye bağırmaya başlamıştı. Bunun üzerine Ali Kaypakkaya'nın yanına bir nöbetçi gelerek, "Bizim elimizde bir şey yok, git yarbayı gör," demişti.

Ali Kaypakkaya Yarbay'ın bulunacağı yere gitmiş, sonra oradan kendisini alıp bir kulübeye götürmüşlerdi. Kulübeye girdiğinde Diyarbakır'a ikinci gelişinde karşılaştığı Teğmen Mevlüt ve Üsteğmen Ali ile yüz yüze gelmişti. O odaya girince ikisi de yerinden kalkıp, "Hoş geldin," dediler. Tavırları Ali Kaypakkaya'nın pek hoşuna gitmemişti. Yüzleri birden değişmişti.

Sonra koşar adımlarla içeriye Yarbay girdi. Elinde bir deste kâğıt vardı. Kâğıtları Üsteğmen Ali'ye verdi. "Sen buraya bak, benim işim var," dedi. Sonra Ali Kaypakkaya'yı alarak kulübeden çıktılar. Bir cipe bindiler.

Ali Kaypakkaya, "Oğlumdan ne kadar korkuyorlar," diye geçirdi içinden, "Her gelişimde ortalığı bir telaş götürüyor..."

Ciple giderken bu kez "demek İbrahim'i hücreden çıkardılar" diye düşündü. Ve sevindi. Nöbetçilerin bütün bu telaşını oğluyla ilk kez görüşecek oluşuna bağlıyordu.

Cip Nizamiye'den çıkıp, savcılığa doğru yöneldi. Yarbay hiçbir şey konuşmuyordu. Sanki ağzı kilitlenmiş, dünyanın bütün kelimeleri tükenmişti. Sadece cipin motor gürültüsü dolduruyordu ortalığı. Savcılığa geldiklerinde bu kez Ali Kaypakkaya "Herhal ifademi alacaklar" diye düşünmeye başladı. Derken sıkıyönetim komutanlığına doğru gittiklerini anladı.

Yarbay inip içeri girdi. Ali Kaypakkaya cipin içinden pencerelere bakınıyor, İbrahim'i görmeye çalışıyordu. Bir ara şoföre "İbrahim burada mı?" diye sordu. Şoför, "Yok amca, burada değil," diye yanıtladı onu ve yine susup Yarbay'ın geldiği kapıya bakmaya koyuldu.

Bir yandan içi oğlunu görme heyecanıyla çalkalanıyor, bir yandan güvenlik görevlilerinin bu telaşından kuşkulanıyor, oğlunu yine kendisine göstermeyeceklermiş gibi bir duyguya kapılıyordu. Bu duyguya kapılınca bu kez sinirleniyor, "Yine görüşmemizi engellerlerse gidip sıkıyönetim komutanına, Vali-'ye, hükümete başvururum," diye tasarılar kuruyordu.

Cipin şoförüne bir-iki soru daha sorduysa da, o sesiyle yanıt vermemiş, başını "evet" yada "hayır" der gibi sallayarak soruları karşılamıştı.

Derken Yarbay kapıda göründü.

... Demdir,
Derya dibinde yangınlar,
Kan kesmiş ovalar üstünde Mayıs...
Uçmuş, bir kuştüyü hafifliğinde,
Çelik kadavrası koruganların.
Ölünmüş, cânım ölünmüş,
Murad alınmış...

Ahmed Arif

Binadan koşar adımlarla çıkan Yarbay cipin yanına geldi. Ali Kaypakkaya'ya inmesini söyledi. Birlikte aynı binaya girdiler. Bir koridordan geçtikten sonra Yarbay, Ali Kaypakkaya'yı bir odaya aldı. İçeride beyaz önlüklü bir adam vardı. O adamı görünce bu kez Ali Kaypakkaya'nın içi kararmış, "İbrahim belki de hasta, yine hastaneye yatırdılar, bu adamların telaşı bundan" diye düşünmeye başlamıştı.

Beyaz önlüklü adam Ali Kaypakkaya odaya girince telaşlı ve tedirgin davranışlarla ona "Otur şuraya, buyur sigara yak..." demiş, paketinden sigara uzatmıştı.

115

Ali Kaypakkaya ne sigara aldı, ne de oturdu. Odada aşağı yukarı dolanmaya başladı.

O sırada birden kapı açıldı. Sıkıyönetim Komutanı Korgeneral Şükrü Olcay yanında bir albay, hastane müdürü ve bir-iki subayla içeri girdiler.

Şükrü Olcay yukarıdan aşağıya Ali Kaypakkaya'yı süzdü, "Sen İbrahim Kaypakkaya'nın babası mısın?" diye sordu.

Ali Kaypakkaya, "Evet," diye yanıtladı onu.

Sonra Şükrü Olcay kesin ve katı bir sesle, "Bunu birdenbire söylemek olmaz, ama ben söyleyeceğim; İbrahim öldü..." dedi.

Ali Kaypakkaya'nın birden bütün kanı çekildi. "Anlayamadım..." diye kekeledi.

"Oğlun öldü diyorum" diye sözünü yineledi Şükrü Olcay.

Ali Kaypakkaya şaşkın ve birden bembeyaz olmuş yüzü altından, "Neden ölsün benim oğlum, ölmez o..." diye karşılık verince... "Öldü diyorum işte, öldü o..." diye kesip attı Şükrü Olcay.

Ali Kaypakkaya bu kez garip bir şekilde hareketlenmiş ve sanki boğulmak üzere olan bir insanın çırpınışlarıyla bir yandan yutkunuyor bir yandan ceplerini karıştırıyordu. Sonra cebinden mektubunu çıkarıp, "İşte yazdığı mektup beni çağırıyor, ölmez benim oğlum, hasta değildi, sağlığım yerinde diye yazıyor," diye bağırmaya başlamıştı.

Şükrü Olcay, "İntihar etti, oğlun intihar etti..." diye bağırarak karşılık verdi ona. Ali Kaypakkaya ise kesik kesik yanan yüreğini dışarıya vuruyordu: "Hayır, hayır oğlum öldürüldü, oğlumu öldürdünüz, onu öldürdünüz, onu öldürdünüz, onu döve döve öldürdünüz, oğlumu siz öldürdünüz..."

Odadakilerden birisi, "Sus, yoksa haddini bildiririz," diye kestiler Ali Kaypakkaya'nın yakarışlarını; gözdağı verdiler ona.

Ali Kaypakkaya bir aralık suskunluktan sonra, içli ve acılı bir sesle, "Verin benim cenazemi, ifadeniz mi neyiniz varsa alın; oğlumun cenazesini verin..." dedi.

İlkin, "Vermeyeceğiz, biz gömeriz" dediler. Bu söz üzerine

116

birden yırtıcı bir sesle Ali Kaypakkaya, "Cenazemi vermezseniz bir adım gitmem," diye diretti.

Şükrü Olcay bu sıra beyaz gömlekli adama dönerek, "Şuna su verin" dedi. Ali Kaypakkaya, "Suyunuzu falan istemiyorum, oğlumun cenazesini istiyorum, onun dişimi tırnağıma takıp büyüttüm, bir gecekondum var, şimdi onu satıp oğluma harcayacağım, köyüme götüreceğim..." diye karşılık verdi.

Şükrü Olcay çevresindekilere, "Muamelesini yapın," deyip, döndü ve çıktı odadan.

Sonra Ali Kaypakkaya'yı getiren Yarbay onu tekrar alarak dışarıya çıkardı. Oğlunu görmek için Diyarbakır'a ilk indiğini gün kapısında çevirdikleri askerî hastaneye geldiler.

Orada Ali Kaypakkaya'ya yapması gereken birtakım işlerden söz ettiler. O da gidip belediyeden bir "müsada kâğıdı" aldı. 430 lira verip bir tabut seçti. 70 liraya kefen satın aldı.

Kefen katlanırken yolda gelirken kurduğu düşleri, oğlunun çocukluğunu, gözü önüne gelen kundağını, onu kucağına alışını anımsadı.

Sonra bir hamal tutarak tabut ve kefeni ona verip hastaneye döndüler.

Belediye memuru "taşınabilir" diye bir kâğıt imzalayıp verdi ona. Bir yer gösterip, oturup beklemesini söyledi.

Oğlu yaralı yattığı günlerde, yüzünü göstermedikleri koridorlarda, şimdi onu görmeyi bekliyordu.

Bir süre sonra İbo'yu morgdan çıkardılar. Ali Kaypakkaya'ya, "İşte oğlun hazır!" dediler. Kafadan kesikti. Karnı, kolları, bacakları, kaba etleri yarılmıştı. Parça parça edilmişti İbo. Gövdesi delik deşikti. "Otopsi" diye mırıldandı onu buzdolabından çıkaran adam. "Peki ya bu delikler ne?" diye söylendi Ali Kaypakkaya. Ses etmediler.

Oğlunun karşısında, sanki kanı kurumuştu Ali Kaypakkaya'nın. Karşısında o yiğit, o dal gibi oğlu yerine kesilmiş, delik deşik edilmiş insan parçaları duruyordu. Boğazı ve gırtlağı tamamen çürümüş ve simsiyahtı. Sanki çembere alınmışta sıkılmış gibiydi. Daha sonra da kesilip parçalanmıştı boğazı. Omuzlarında, göğsünde sürüyle delik vardı.

Görüntüler karşısında İbo'yu tabutuna yerleştiren hamal ağlamaya başlamıştı. Ali Kaypakkaya ona parasını vermek istemiş, adam almamıştı. "Bu bizim insanlık görevimiz" demişti. Nöbetçi erler ve hastabakıcılar Ali Kaypakkaya'yı yatıştırmaya çalışıyorlardı.

Gelirken İbo'ya vermek için yanına aldığı 1200 liradan 550 lira kalmıştı.

Gidip bir taksiyle pazarlık yaptı. Taksici parayı peşin istedi. Sonra Ali Kaypakkaya'ya, "Uçakla götür," dediler. Arkasından hep birileri geliyordu.

Uçakta 240 lira tabut taşıma parası aldılar. Cebinde kalan diğer parayı bilete verdi. Çıkışmayan kısmı için "arkasından gelenlerin" araya girmesiyle, "Sonra alırız," dediler.

Orada Ali Kaypakkaya'yı havaalanına getirip polise teslim ettiler.

Havaalanında uçuş bekleme salonuna alınırken arama kabininde Ali Kaypakkaya'yı arayan polisler, onun ceplerinden oğluna getirdiği ve İbo'nun savunması için babasından istediği bildirileri buldular. Evirip çevirip bakıyorlar ve söyleniyorlardı. Ali Kaypakkaya, "Onları oğlum istemişti, savunması için gerekiyormuş, ona getirmiştim," diye açıkladıysa da, polisler, "Yok efendim, yok, bunlar suçtur, yasaktır, madem oğlun öldü, yorgan gitti kavga bitti deyip bunları yırtacaktın, seni suçlu olarak alıkoymamız gerekiyor..." diye bağırdılar.

Ali Kaypakkaya bu davranış karşısında polislere, "Oğlum ölmüş, bildiriyi nasıl düşüneyim, sabah beri bir dilim ekmek, bir yudum su canıma girmemiş" diyerek kendisini bırakmalarını söylemiş, oradaki bir kadın polisin araya girmesiyle Ali Kaypakkaya'yı bırakmışlardı.

Uçak Ankara'ya indiğinde Ali Kaypakkaya'yı iki yüzbaşı karşıladı. Onunla taksi tutmaya çıktılar. İbo'yu taksiye yerleştirip bağladılar.

Önde İbo'nun bağlı olduğu taksi, arkada "takipçilerin" arabası evin önüne geldiler.

Babası İbo'yu evine taşıdı. O gece evinde onun başında bekledi. Başı avuçlarında düşündü durdu, yaşlandı durdu oğlunun başucunda. Sabah erkenden gidip bir minibüs tuttu. Ve oğluyla, birlikte köylerine geldi.

İbo ile birlikte "takipçiler" de köye geldiler. Çevre köylerden İbo'nun köye geldiği şaşılası bir biçimde çok kısa bir sürede duyulmuştu. Onu duyanlar öbek öbek uğurlamaya geliyordu. Evin çevresi bir anda köylülerle dolmuştu.

Mezarlığın karşısından geçen büyük yoldaki benzincinin lokantası önünde "takipçilerin" arabaları duruyordu. Takipçiler orada oturmuş uzaktan köyü ve mezarlığı gözlüyorlardı...

... Benim yavrum muradını almamış
Bayrak dikilip de düğün olmamış, olmamış kuzum oyy
Okumuş da muradını almamış,
Yaralı gövdene kurban olurum,
Ben de senin yollarına ölürüm...

(Anasının İbo için yaktığı ağıttan)

İbo'nun köyüne getirildiği haberini öz anasına da ilettiler. Öz anası ile Ali Kaypakkaya, İbo bebekken ayrılmışlardı. İbo'-nun daha dili yeni yeni çözülüyor, "Geliyom anam, geliyom" di-ye heceliyordu. Ayrılıktan sonra, İbo babası yanında kalmıştı.

Daha sonra öz anası Sungurlu (Gökçem) köyüne göçmüş, evlenmişti. İbo anasını gerek ilk gençliğinde, gerekse İstanbul'da okuduğu günlerde sık sık arar, onun köyüne gelirdi. Köyde kaldığı iki-üç gece, anasıyla uzun uzun dertleşir, sonra "savuşur giderdi." O giderken anası, "Etme oğul, daha kal, se-ni doyasıya seyredeyim," dediğinde, anasını avutur, "Beni öz-leyince aynaya bakıver, ben sana benziyorum," derdi.

İbo "savuşur gider" fakat anasının köyüyle ilgisini hiç kes-mez, gazete, kitap gönderirdi.

İbo'nun arandığı günlerde güvenlik kuvvetleri, anasının köyünü de basmışlar, iğne deliğine dek her yanı aramışlardı:

... Yavrum yokken polis geldi. Polis geldi, iki şey dolusu geldi. Şu fotoğraflara varıncın sordu; şu şapkaya varıncın sordu; şu kâselere varıncın sordu; niye iki yıkıyordum da üç oldu bu kâse diye sordu; ayakkabıya varıncın, sırtımın kazağına varıncın sordu... Ayağımı geydirtti. Ah şöyleydi, iki adım, üç cenderme, iki adım üç cenderme, evin dört yanını tel şeklinde aldılar. İki adım üç cenderme. Ahırın şeylerine, şöyle çatılara, deliklere; şöyle tüneklere çifte çifte soktular. Çıkacak diye. Çatıya çıktılar. Oraya elma falan sererik. Buraya diyor yataklık adam almış, yataklık adam diyor. Hayır, dedim. Biz elma falan sererik dedim. Ordan samanlığın çatısına çıktı, biraz içeri gördü. Buraya dedi, saklanır adamlar dedi. Ben dedim ki, hayır biz köylülük tandır başlığı falan yaparık dedim. Kadın, öyleyse söyle nerde dedi. E, arıyoruz dedim, ondan sonra da işte muhtar emmiyi getirdiler. Merdivenle bir bey ahıra gidiyor, bir oraya gidiyor, bir şuraya gidiyor. Beni dolandırtıyor peşinde. Bir yana koşuyor, kızlar korkuyor. Çatılara çıktılar. Şu kutunun altına girdi. Ordan sonra gelirmiş diye. Ben de gelmiyor dedim. Evvelsi gelirdi, şimdi gelmiyor dedim. Evvelsi gelen şimdi gelmez mi diye. İşte yağ kaynıyormuş, bal kaynıyormuş, koltuğumun altına girdi, bu kadını aşağıya alın gelin köy bekçisiyle dedi, komşusuyla dedi. Buraların, şöyle makatların, sandıkların, ipliklerden ne anlar, hep derceylediler. Keserim, biçerim gibi tehditler çok oldu. Gıdığıma girdi, ustaları verdikçe suratıma, sen söylemiyon hayır gelirmiş diye. Muhtar geldi. Sizin dedi, bana dedi aranıyorum. O sırada aranmadığı sırada gelmiş dedilerdi. Ben böyle bir anda, o bunu söylüyor mu dedim. Bilmiyorum dedim o kadersini. Sahtekâr olduğunu anladık, aşağı indirin bunu dedi. Gittik nezarete. Sabahın atıldık, akşamın sekizinde çıktık nezaretten.

Sonra İbo'nun anası bırakmadı radyosunu elinden. Hep oğlundan bir haber alacakmış gibi bekledi başında. Gözü yolda, kulağı seste İbo'yu gözledi dağdan taştan:

... radyo kucağımda, ahıra gidersem ahırda oturuyom. Yedininkini dinliyom sekiz, sekizinkini dinliyom dokuz. Ancak Salı günü saat yedi şeylerinde kucağımda radyoylan, İbrahim Kaypakkaya yaralandı dedi. Ali Haydar Yıldız mı dedi neydi alından vuruldu dedi. Amanın dedim o kadarısını, kendime geldiğimde insanlar hemen kapıştılar, bana şunu yap, bunu yap yolunda, ondan sonra da işte iki ay mı yattı, üç ay mı, dört ay mı, ben de gözlüyom ki çıkacaktır...

Sonra işte ölüm haberini getirdiler İbo'nun:

... Ancak sabahın böyle kalktım da yine böyle işte, suya gittiydim, bir de aşağıdan iki kişi geliy konuşuya, seni şeye Karamahmut'a götürüyok deye, gelip koluma girdiler. Bildim. Yoo, yavrumda bir zarar var. Yok dedi. O zamana kadar koluma girdiler, yok yok dediler. Aşağı vardım. Üstüme baktım, yok. Münübösle anca hemen üstüne şeylerini örtmüşler, giriverince baktım ki babası hep varmış. O zaman acı yavrumu getirdiniz de bana öyle mi geldiniz. Dizlerime vurdum. Köylüler sığır sürerlermiş, geldiler, arkadaşları da; dağlar taşlar inledi. Bana göstermediler. Şu gıdıktan üst yanını açmadılar. Eter dökmüşler. Yaklaşamadık. Üç şişe kolanya tükettik, yaklaşamadık. Varanı baydı baydı gitti. Askeri pek fazlaydı, asker dersem yani köylüler, arkadaşı pek çoğdu. Bir ucu mezarlıktaydı, bir ucu köydeydi. Polisler pek sıkıydı. Salmamışlar törenle kaldırmaya. Vücudunu bana zahar ki dayanamaz diye göstermemişler. Kafadan şey almışlar, kafayı yarmışlar, beynini, kollarından akan kanı almışlar. Hiç korkmuyor bu, biz bunu korkmadığı gibi, bunun yüreğine bir derece koyak demişler o zindanda. Dereceyi koyuyorlar ki yürek de çatal. Aklına koyuyorlar ki, aklı Atatürk'ün aklından beş fazla. Bunu demişler ne zaman görsek, biz o zaman gene aynısını, vazifesini yaparık, bu şeye geçer, başa; bizi şeyeder. Biz bunu

aradayken kaldırak; Elimizdeyken derler. Orada zindanda. Hep dikişti. Vücudunu karnından almışlardı. Akan kanlarını almışlardı kollarından...

Bunca yıldır hasret gittiği oğlu şimdi "aynı yaralandığı Salı günü, kurban olduğum toprağa düşmüştü..."

Sabah haberi geleli beri yanık, acı, acılı sesiyle yavrusuna bir ağıt tutturmuş, dövüp dizini onu söylüyordu...

Benim yavrum fakülteyi bitirmiş
Eşi dostu hep yanına getirmiş, getirmiş
Yaralanıncın tümenini yitirmiş
Yaralı gövdene kurban olurum
Ben de senin yollarına ölürüm

Ordunun askeri de üstüne varmış
Kafirin biri de yavruma vurmuş, vurmuş
Bu acılı haberin köye duyulmuş
Acılı haberin duyan ağlasın
Yas çekesin de kareleri bağlasın yavrum

Benim yavrum muradını almamış
Bayrak dikilip de düğün olmamış olmamış kuzum oy
Okumuş da muradını almamış almamış
Yaralı gövdene kurban olurum olurum
Ben de senin yollarına ölürüm
Benim yavrum dört ay hapiste yatmış
Uyudum uyandım yüreğim kopmuş kopmuş
Bu yavrum gören ondan efkarım artmış
Yiğit boylarına kurban olurum oy
Ben de senin yollarına ölürüm.
Benim yavrum akılların kuyusu
Vurmayın kafirler yiğit kuzusu oy
Üstüne salmış da kafir sürüsü oy
Civan boylarına kurban olurum

Ben de senin yollarına ölürüm oyy

Benim yavrum ezelinden gülmemiş
Okumuş da muradına ermemiş ermemiş
Kafirin sürüsü de aman vermemiş vermemiş oy
Yaralı gövdene kurban olurum
Ben de senin yollarına ölürüm kurban olurum sana
nelerim

Yavrumun yaresi de hançer yaresi yaresi
Ağlayan ağlayana da annesi, annesi oy
Vurmayın kafirler de lise hocası, hocası
Yaralı gövdene kurban olurum
Ben de senin yollarına ölürüm, kuzum

Tunceli derler adını duydum, adını duydum
Bir yiğit vurmuşlar da komşular duyun, duyun
Babasına annesine tel vuruk, tel vuruk
Yiğit boylarına da kurban olurum
Ben de senin yollarına ölürüm, kuzum
Arayı arayı da seni bulmuşlar bulmuşlar
Getirmişler de bir dergaha koymuşlar
                              koymuşlar, kuzum, kuzum
Yavrumu da işkenceye almışlar almışlar
Yaralı gövdene kurban olurum, olurum
Ben de senin yollarına ölürüm,
Nelerim kuzum, civan boylu kuzum kurban
olduğum kuzum

Bahar gelmiş de herkes gülüp oynuyor, oynuyor
Benim yorgun göynüm de hiç durmuyor, durmuyor
Posta gözlüyom de mektup çıkmıyor çıkmıyor
Yaralı gövdene kurban olurum, olurum
Ben de senin kuzum yollarına ölürüm, kuzum

Cellat uyandı yatağında bir gece
'Tanrım" dedi, "Bu ne zor bilmece"
Öldükçe çoğalıyor adamlar
Ben tükenmekteyim öldürdükçe

Ataol Behramoğlu

Daha sonra İbo evinden köylülerin omuzlarında elden ele geçerek mezarlığa getirildi.

Çevreden gelip geçen, İbo'nun köye geldiğini duyan bütün köylüler yollarını bırakıyor, mezarlığa yöneliyorlardı. Sonra baharın yeşertip kabarttığı toprağı yarıp İbo'yu bıraktılar içine. Kıvır kıvır yeşillenmiş toprakla üstünü örtüp, gökyüzünden ayırdılar...

Ali Kaypakkaya 19 Mayıs 1973'te gittiği Diyarbakır'dan getirdiği oğlunu 21 Mayıs'ta köyünde bırakıp, Ankara'ya döndü. "Takipçiler" köyde kaldılar. Daha görevleri bitmemişti. İbo'nun toprakla çözülüp, yok olmasını beklediler. Uzun süre mezarlığın yanına kimseyi yanaştırmadılar.

Haber daraldı genişledi; kısaldı uzadı, dalga dalga yayıldı Anadolu'ya. Yine kan damlamıştı Mayıs ayına. Diyarbakır cezaevinde yatan kavga arkadaşları sonucu acıyla karşıladılar. Orada, az uzaklarında, bir başına aylardır hücrelikte yatan İbo'nun son günlerini, an an yaşamışlardı. Ölüm haberiyle birlikte olayı lanetlediler. Tepkilerini gösteriye dönüştürdüler. Yönetim "zor kullanarak" tutukluların gösterilerini bastırdı. Tutuklu devrimciler daha sonra 29 Mayıs 1973'te 1900 - 73/ 84 kayıt numaralı bir dilekçe yazarak sıkıyönetim komutanlığına gönderdiler. Bu dilekçelerinde "Onun 16.5.1973 tarihinde hücresinden alınarak MİT'e götürüldüğünü ve MİT'te yapılan işkencelerle öldürüldüğünü... 18.5.1973 tarihinde işlenen bu cinayetin yetkili mercilere duyurulmamasının ve kamuoyuna gerekli açıklamanın yapılmamasının bu cinayetin en büyük kanıtı olduğunu" söylüyorlardı.

Dilekçelerine hiçbir yerden en ufak bir yanıt gelmedi. Türkiye'nin karanlık bir dönemiydi. Bu karanlık günlerde iki yurtsever ses yükselmişti. Temmuz 1973'te Bolu'da Ordu Milletvekili Ferda Güley yaptığı bir konuşma sırasında şunları söylüyordu:

Babalar! Bir babanın oğlunun sağlıklı ellerinden aldığı, iki gün önce yazılmış bir mektup üzerine; kolunda giyecek ve yiyecek çıkınıyla gittiği cezaevinde, göreceğini ve kucaklayacağını umduğu oğlu yerine, oğlunun bir gün evvel intihar ettiği haberinin verildiğini ve alıp memleketine götürdüğü evlat naaşının kurşunlarla delik deşik halini görmüş olduğunu biliyorum...

Yine Temmuz 1973 günlerinde TBMM Bağımsız Milletvekili M. Ali Aybar başbakanın cevaplandırması için "Kaypakkaya'nın sorgu sırasında yapılan işkencede öldürüldüğü doğru mudur?" başlığını taşıyan 10 maddelik bir soru önergesi vermişti.

Bu iki ses de dönemin sorumlularından en ufak bir karşılık almadı.

İbo'nun bir numaralı sanığı olduğu TKP-ML ve TİKKO Davaları açıldığında sanıklar 6 Kasım 1973 günkü duruşmada 1. Ordu Komutanlığı 2 No'lu Askeri Mahkemesi Başkanlığı'na uzun bir dilekçe verdiler. Bu dilekçelerinde İbo'nun "Başlarında mahkemenin iddia makamında oturan Savcı Yaşar Değerli'nin bulunduğu bir cinayet şebekesi tarafından önce işkence edilip sonra kurşuna dizildiğini" söylediler. (TKP-ML Davası Tutanakları)

TKP- ML ve TİKKO Davası sanıklarının bu dilekçeleri özetle şöyleydi:

... İbrahim Yoldaş 16 Mayıs 1973 günü saat 10'da hücresinden alınarak götürülmüş, bu durum hücre arkadaşları tarafından görülmüştür. Daha sonra savcılıktaki nöbetçi erler arasında İbrahim'in öldüğü haberinin dolaşması üzerine, cezaevi müdürlüğüne başvuran tutuklulara cezaevi yönetimi İbrahim'in 16 Mayıs'ta komutanlıkça sorgu için istendiği götürüldükten 2 gün sonra da hiçbir gerekçe gösterilmeksizin cezaevindeki kaydının silinmesinin bildirildiğini söylemiştir.

Aynı günlerde Askeri savcılığa sorgu için giden tutuklulara oradaki nöbetçi erler İbrahim'in üst katta kurşun yaralarıyla delik deşik bir durumda ölü olarak yattığını söylediler

İbrahim hücresinden sorguya götürüldüğü gün adi bir suçtan askeri savcılıkta sorgu için bulunan Cemil Oktay, İbrahim'i gözleri bağlı olarak bir takım sivil şahıslarca askeri savcılıktan çıkarılıp sivil bir otomobile bindirilirken görmüş ve bunu gözaltı koğuşuna döndüğünde Seyithan Dokay ve Hasan İter'e söylemiştir.

Hasan İter yine İbrahim'le bir yüzleştirilmesi sırasında Savcı Yaşar Değerli'nin İbrahim'e "Senin cezanı çok yakın bir gelecekte kendi ellerimizle vereceğiz" dediğine tanık olmuştur.

THKO Davasından tutuklu bulunan Mustafa Karadağ ise MİT'e kendisini sorguya çeken Yaşar Değerli'nin "Konuşmazsan senin de akıbetin daha geçen hafta gömdüğümüz İbrahim Kaypakkaya gibi olur" dediğini cezaevinde karşılaştığı, İbrahim'in en yakın arkadaşlarından Arslan Kılıç'a iletmiştir.

Faşistler onu ancak vücudunda kurşun yaraları olduğu halde açlık, susuzluk ve amansız soğuğa karşı tek başına, her türlü savunma ve koruma imkânlarından yoksun olduğu bir anda yakalayabildiler ve İbrahim Kaypakkaya yoldaş —iddianamede de belirtildiği gibi— faşist üsteğmen Fehmi Altınbilek'ten başlayarak, tüm faşist ve CIA'nın çömezi MİT'cilere, onların yardakçıları savcılara karşı dişe diş bir mücadeleye girmiştir.

O bir devrimcinin intihar etmesinin korkaklık, proletaryanın davasına ihanet olduğu bilincinde olan ve bunu yoldaşlarına öğreten bir önderdir.

İntihar ABD emperyalizminin, onların kompradorlarının ve toprak ağaları kliğinin temsilcisi savcı Yaşar Değerli'nin iddia ettiği gibi komünistlerin değil, faşist köpekler, işbirlikçiler ve halk düşmanları gibi korkakların halkımızın devrimci mücadelesinin zafere yaklaştığı günlerde seçecekleri bir tercih olacaktır. Stalin önderliğindeki Sovyet Kızıl Ordusu'nun Berlin'e girdiği gün gelmiş geçmiş en büyük faşist köpek Adolf Hitler'di kendi beynine kurşun sıkan!..

İbrahim Kaypakkaya Yoldaş, Nazi işkence odalarının tavanına kanıyla "Unutma ki sen bir komünistsin" diye yazarak falakaya her yatırılışında o yazıyı okuyup faşist cellatlara karşı direnen Dimitrov'ların, Naziler tarafından kurşuna dizilirken Alman askerlerine "Ben sizin kurtuluşunuz için

mücadele ettim. Siz kurtuluşunuzu öldürüyorsunuz"
diye bağıran Fransız komünisti George Politzer'lerin, Nazi kurşunlarına karşı korkusuzca göğüs
geren Ernest Thellmann'ların ve ölümü "Yaşasın Ho şi
Minh" diyerek göğüsleyen Vietnam kahramanlarının her
türlü şart altında son nefeslerine dek sürdürdükleri
mücadelenin izleyicisidir

Canını proletaryanın ve halkların kurtuluşuna
adamış devrimciler, faşist zulüm ve baskılardan korkarak intihar etmezler. İntihar bizzat halkın devrimci mücadelesinden korktukları için zulmeden
faşist köpeklerin seçeneğidir!

İşte bütün bu somut gerçeklerden ötürüdür ki, önderimizi İbrahim Kaypakkaya yoldaş intihar etmez ve
etmemiştir. ÖLDÜRÜLMÜŞTÜR (TKP-ML Dava Dosyası)

TKP-ML Davası sanıklarının topluca verdikleri bu dilekçe
de en ufak bir yanıt almadı. İlgililerce duymazdan, görmezden
gelindi...

... Ve Nisan, Mayıs'a devrilirken toprak yeşillenmeye, kar
dağlara çekilmeye, su kabarmaya, hava ılınmaya başlarken aklına İbo düşer Ali Kaypakkaya'nın. Oğlunun başucuna gelir.
Çöker, anısını tazeler. Kulağında son mektubunun son sözleri
çınlar İbo'nun:

Selam eder ellerinden öperim.
Ebemin, anamın ellerinden, çocukların gözlerinden öperim.
Beni merak etmeyin. İyiyim ve şimdilik herhangi bir ih-
tiyacım yok. Hoşçakalın.

Oğlunuz İbrahim...

Her yanını otlar tutmuştur, İbo'nun bağrı üstündeki toprağın. Baharda kabarıp kabarıp iner toprak. Bakanlar İbo'yu
nefes alıyor sanır.

Mayıs'ın 18'i olunca çevre köylerden grup grup köylüler gelir. Gelir geçerler İbo'nun yanı başından. İbo'yu anmayı uğur sayarlar.

Uzakta, dağların eteğinde yatan Ali Haydar'ın bağrı üstündeki karlar da erimeye başlamıştır. Toprağıyla öpüşür, buhar olur, kalkar gider, ağıtlara eklenir. Köylüsü, o kayadan o kayaya konup geçen, o köyden o köye akıp giden Ali Haydar'ı gözler.

Ve sayıları, yüzleri tutan gencecik bedenler, Mayıs oldu mu, sıyrılıyor, çıkıyor gibidir topraktan. Her biri bir tomurcuk, bir yaprak, bir çimen, bir dal, bir fidan güzelliğinde...

Her biri sağılıp gelmiş nice kavgadan...

Erdemleri rehberimiz
Anıları yolumuza ışık olsun...

SER VERİP SIR VERMEYEN BİR YİĞİT

İbrahim Kaypakkaya'nın Hayatı ve
Mücadelesinden Görüntüler

Onlar ölmediler yok,
Ateş fitiller gibi:
Dimdik ayakta,
Barut ortasındalar!

Karıştı, bakır tenli
Çayır çimen'e,
Karıştı,
O canım hayalleri:
Zırhlı bir rüzgâr.
Perdesi gibi:
Bir set gibi:
kızgın çehreli.
Göğüs gibi:
Göğün görünmez göğsü gibi!
Analar, onlar ayakta
Buğday içindeler, onlar,
Yüceden yüce dururlar:
Dünyayı doruktan seyreden,

Bir öğle güneşi gibi.
Bir çan darbeleri gibi,
Onlar.
Ölmüş gövdeler arasında
Zaferi çekiçleyen bir ses gibi
Onlar,
Kara bir ses gibi.
Ey canevinden vurulmuş,
Toz duman olmuş bacılar!
İnanın oğullarımıza.
Kök oldular onlar,
Sade kök:
Kan suratlı,
Taşlar altında.
Karışmadı toprağa,
Dağılmış kemikçikleri.
Ağızları ısırır hâlâ,
Kuru barutu;
ve demir bir okyanus gibi,
Titreşirler hâlâ.
Ben ölmedim der,
Yumrukları;
Yukarı kalkık yumrukları.

Neruda

İbo'nun doğduğu ev.

İbo'nun annesi

Hasanoğlan'da iken
bir arkadaşıyla.

Bir halk oyununda. (İbo başta mendil sallayan)

Vartinik'te saklandığı, çatışmanın olduğu Köm'den bir görüntü.

"Arkadaşlara anlatacağım bazı şeyler var" başlıklı mektup.

> Sayğıdeğer Babacığım
>
> 9 / Mayıs / 1970
>
> Yüksek Öğretmen Okulu Müdürlüğü'nün gönderdiği kağıtları aldım. Cevabını yazdım ve geri gönderdim. Fakat danıştayın kağıtları gelmedi. Bu yüzden danıştayda açtığımız iki davanın, şu anda hangi safhada olduğunu da öğrenemedim. Ayrıca

Hücrede babasına yazdığı mektup.

> Savunma Taslağı
>
> 1) Komünizm Hayaleti
> 2) Komünizm nedir?
> 3) Sosyalizm nedir? Proletarya ihtilali ve sosyalizmin inşaası
> 4) Türkiye'de devrimin karakteri?
>   a) Osmanlı toplumu (Feodal toplum)
>   b) Avrupa'da kapitalizmin doğuşu ve gelişmesi — Feodal Osmanlı toplumunun yarı-sömürgeleşme süreci
>   c) Emperyalizm — Yarı-sömürge, yarı feodal Osmanlı toplumu (1870 lerden — 1908'e kadar)
>   d) 1908 devrimi özellikleri, sonucu
>   e) Balkan savaşları ve Birinci Dünya savaşı
>   f) 1908 devrimi ve Türkiye
>   g) kurtuluş savaşı özellikleri, sonucu

İbo'nun hücresinde defterine yazdığı
savunma taslağından bir parça.

138

Çapa'ya geldiği yıllar.

İbo (Sol başta) arkadaşlarıyla.

Öğrencilik yıllarından.

Hasanoğlan İlköğretmen Okulu'nda iken.

İbo'nun can yoldaşı Ali Haydar.

145

Annesi Güzel Yıldız   Babası Mehmet Yıldız

Ali Haydar Munzur Dağları'nda.

Ali Haydar öğrenci olduğu günlerde.

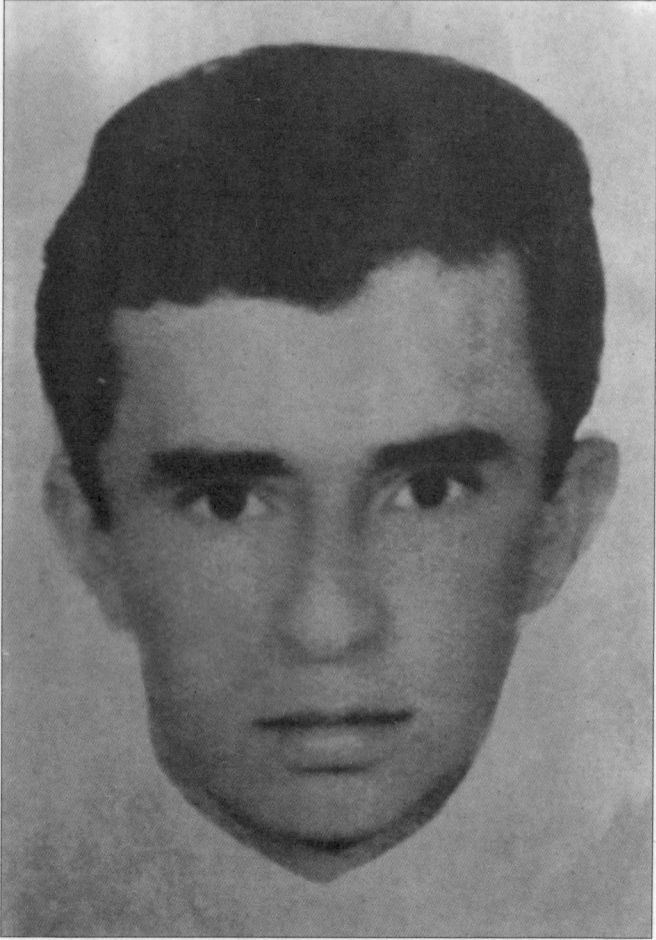

Ali Haydar Yıldız

İbo Çapa'da olduğu öğrencilik yıllarında bir eylem sonrasında
polisler arasında mahkemeye götürülürken.

İstanbul'da bir eylem sonrasında arkadaşlarıyla gözaltına
alındığı gün ifadede.

İbo'nun öldürüldükten sonraki ilk mezarı.

İbo, Nihat Behram'ın yaptırdığı yeni mezarı başında her
18 Mayıs'ta anılıyor.

İSKENCEHANELERDE
SER VERİP SIR VERMEYEN HALK
ÖNDERİ İ. KAYPAK

İbo'nun çektiği fotoğraflardan...

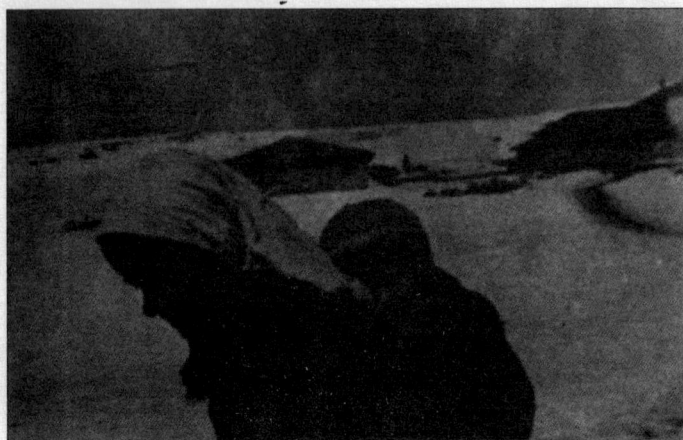